産婆のタネ

中島要

双葉社

目次

産婆のタネ

装画　かない
装幀　ブックウォール

その一　産婆《さんば》の神様

一

負けず嫌いな江戸っ子は、何でも「一番」が大好きだ。

日本一の富士山は絶大なる人気を誇り、三十里（約一二〇キロ）先のはるかな頂《いただき》を眺めては、誰もが決まって目を細める。時には「どこから見える富士が一番か」で喧嘩口論《けんかこうろん》になるほどだ。

寛政《かんせい》元年（一七八九）九月六日は、朝から絵に描いたような秋晴れだった。

空は青く澄み渡り、はるかかなたまでくっきりと見渡せる。武家屋敷が建ち並ぶ駿河台《するがだい》や買い物客で混み合う駿河町《するがちょう》のあたりなら、青空を背に雪化粧をした富士の山がよく見えるに違いない。

そんなすがすがしい外とは打って変わり、浅草天王町《あさくさてんのうちょう》の札差《ふださし》、坂田屋《さかたや》の母屋の一室では重苦しい空気が立ち込めていた。

「お亀久《きく》ちゃん、いい加減にしなさいよ。あんたがここでいくら泣いたって、紀一郎《きいちろう》さんが生き返るわけじゃないんだから」

ちっとも返事をしない幼馴染《おさななじ》みに焦れたのか、浅草瓦町《かわらまち》の札差、相模屋《さがみや》の跡取り娘のお八重《やえ》がまだ青い備後畳《びんごたたみ》を手で叩く。二人きりの部屋の中、坂田屋の娘のお亀久は赤い目をこすって顔を上げた。

「お八重ちゃん、縁起でもないことを言わないで。紀一郎さんは行方が知れないだけで、死んだと決まったわけじゃないわ」

「でも、山崩れに遭ったのは五月半ばのことでしょう。今年の六月は閏月《うるうづき》だったから、四月《よつき》も前のことなのよ。もしも紀一郎さんが生きているなら、とっくに見つかっているはずじゃないの」

容赦のない正論にお亀久は今度こそ言い返すことができなかった。

深川佐賀町《ふかがわさがちょう》の材木問屋、万紀《まんき》の長男紀一郎は、お亀久の幼馴染みにして許婚《いいなずけ》だ。この春に縁談がまとまって、来年早々にも祝言を挙げることになっていた。

しかし、紀一郎は紀州《きしゅう》の山主に己の縁談を知らせに行き、運悪く山崩れに巻き込まれた。以来夜となく昼となく捜しているのに、いまだ行方はわからない。

お八重ちゃんだって祝言を控えているくせに、よくそんな冷たいことが言えるわね。あんたも許婚がいなくなれば、あたしの気持ちがわかるわよ。

そんなお亀久の心の声も知らず、お八重は聞き分けのない幼子を諭すように語りかけてきた。

「あくまで紀一郎さんが生きていると信じるのなら、いっそ紀州まで捜しに行きなさいよ。万紀でもあきらめきれなくて、いまも捜し続けているんでしょう。ここでくすぶっているよりも、己の目で確かめればいいんだわ」

いきなり無理難題を突きつけられて、お亀久はますます泣けてきた。紀一郎は富士の山よりさらに遠い紀州の山中に消えたのだ。家から一歩も出ない箱入り娘がはるばる捜しに行けるものか。

無言で首を横に振れば、お八重はつまらなそうに鼻を鳴らした。

「あら、そう。子供のころのお亀久ちゃんなら、あたしが言い出す前に自ら捜しに行ったでしょうに」

ため息混じりに告げられて、お亀久は内心ドキリとした。

確かに、昔の自分なら手をこまねいてはいなかった。たとえ親に反対されても、紀州に乗り込んでいただろう。

「紀一郎さんが万紀の跡取りの座を捨てて、あんたと一緒になると知ったときは顎が外れるほど驚いたわ。それでも、長らく男を怖がっていた幼馴染みが縁談を決めたんだもの。あたしも祝福していたのよ」

「…………」

「こんなことになったのは気の毒だと思うけど……あんただってもう十六よ。いつまでも親に甘えて、閉じこもっているわけにはいかないでしょう」

お亀久は何も言えないまま、力なくうなだれた。

いまでこそ「何もできない弱虫」に成り下がってしまったが、幼いころの自分は男勝りのお転婆だった。器量よしで勝気なお八重とは何かと張り合っていたものだ。

ところが、六年前にかどわかしに遭い――すべてが一変してしまった。

当時（天明《てんめい》三年）は前年からの天候不順で米価が高騰、さらに七月の浅間山《あさまやま》噴火が追い打ちをかけた。大量の灰が江戸にまで降り注ぎ、あらゆる物が値上がりする中、お亀久は食い詰め浪人に攫《さら》われたのだ。

不幸中の幸いは、その場を通りかかった棒手振《ぼてふ》りの魚屋、加吉《かきち》が十手持《じってもち》ちの手下だったことだろう。かどわかしに気付くなり、商売道具の天秤棒ですかさず浪人に殴りかかった。

その隙にお亀久は浪人の手から逃れられたが、代わりに加吉が返り討ちに遭ってしまう。それを見たお亀久が喉も裂けよと悲鳴を上げ、近所の人々が駆けつけたので浪人はひとり逃げ去った。その後、町方の追手がかかって下手人はお縄になったものの、目の前で起こった惨劇は幼心に焼き付いた。

斬られた加吉の断末魔の声と、一面に飛び散った真っ赤な血しぶき。

涙ながらに娘の無事を喜ぶ両親と坂田屋に帰ってからも、お亀久は悪夢にうなされて飛び起きることを繰り返した。そして、知らない男と血を恐れ、家から出られなくなったのである。

幸い裕福な親のおかげで、家にいながら読み書き習い事は続けられた。

しかし、十六になった現在《いま》でも着飾って芝居見物に行くどころか、血を思わせる赤い紅すら付けられない。十二で初潮を迎えたときなど悲鳴を上げて倒れてしまい、赤飯で祝うどころではなかった。

両親はそんな娘を憐れみながらも、去年の夏あたりからしきりと縁談を匂わせ始めた。

ただでさえ、「人前に出ない坂田屋の娘」は悪い意味で有名である。早めに手を打たないと、嫁き遅れると危ぶんだに違いない。

そんな親心はわかっていても、見ず知らずの男と夫婦《めおと》になるのは耐えがたい。お亀久はさんざん悩んだ末に一計を案じた。

材木問屋万紀の主人佐紀蔵《さきぞう》と、父の坂田屋壮一《そういち》は長年の狂歌仲間である。互いの子供も幼いころから行き来があり、五つ上の紀一郎は兄の壮助《そうすけ》とも仲がよく、家に閉じこもるようになってからも折節《おりふし》見舞いに来てくれた。男が怖いお亀久も紀一郎だけは普通に話すことができた。

紀一郎なら夫婦になってもやっていける気がするが、あいにく万紀の跡取りだ。材木問屋は奉公人はもちろん、出入りするのも男ばかりである。男が怖い自分に万紀の内儀は務まらない――と、さもつらそうに訴えれば、両親はもうしばらく縁談を待ってくれると考えた。

ところが、こちらの予想に反し、その話をした半月後に「紀一郎をおまえの婿にする」と父に告げられた。

——紀一郎は気性がやさしすぎて、材木問屋の主人に向かない。次男の紀次《のりつぐ》のほうが向いていると、佐紀蔵さんも以前《まえ》から思っていたそうだ。

親の思惑はどうであれ、突然跡取りの座を追われた紀一郎が納得するはずがない。そんなお亀久の懸念は当の本人に吹き飛ばされた。

——俺は腕っぷしの強い男たちを顎で使うような柄じゃない。婿と言っても、坂田屋のおじさんのたっての頼みだからね。この縁談は渡りに船だよ。

ケロリとした顔で言い放たれて、お亀久は腰が抜けるほど驚いた。縁談除《よ》けの方便がこんなことになるなんて、これこそ瓢簞《ひょうたん》から駒だろう。

男女の情などないけれど、紀一郎なら信用できる。勢いトントン拍子で縁談は進み、それを知った世間は大騒ぎした。

——万紀の跡取りが婿入りとはどういうこった。坂田屋には跡取り息子がいるじゃねぇか。

——坂田屋の娘は病弱で、荒くれ野郎が出入りする材木問屋の内儀なんて務まらねぇってことらしい。万紀は次男が跡を継ぎ、坂田屋は娘のために分家を立てることにしたそうだぜ。

——だとしても、万紀はよく長男を手放す気になったもんだ。

——きっと、若い二人が手に手を取って「一緒になれなかったら、大川《おおかわ》に飛び込む」とでも言ったんだろう。

——つまり万紀の身代と引き換えにできるほど、坂田屋の娘は美人ってことか。一遍拝んでみてぇもんだな。

臆測混じりの噂が飛び交い、一番迷惑を被《こうむ》ったのは紀一郎に違いない。会う人ごとに人前に出ない許婚の容姿や婿入りのいきさつを尋ねられ、江戸から逃げ出す羽目になったのだから。

あたしとの縁談がなかったら、紀一郎さんだって梅雨《つゆ》の最中に紀州に行ったりしなかった。知らない男と一緒になりたくない一心で、おとっつぁんに余計なことを言わなければよかったわ。

お亀久が無言でうなだれていると、お八重は目を吊り上げた。

「ちょっと、人の話をちゃんと聞いてるの？　あたしはあんたのためを思って、耳に痛いことを言っているのよ。このままぼんやりしていてごらんなさい。あんたに甘いおじさんはともかく、兄さんの代には居場所なんてなくなるから」

きれいな顔を歪めて説教され、お亀久はため息を呑み込んだ。

思わず「余計なお世話だ」と言い返したくなったけれど、お八重が自分を案じているのは確かだろう。かつては仲のいい女友達も両手に余るほどいたはずなのに、いまでも訪ねてくるのはお八重だけだ。

「あんたは世間の噂ほど、器量よしじゃない。若いうちに次の相手を探さないと、間違いなく売れ残るわよ。ああ、その前に一度お祓《はら》いをしときなさいな。あんたは運が悪いから」

お八重は言いたいことを言って気がすんだのか、ほどなくすっきりした表情で立ち去った。

自分が美人でないことくらい、他人に言われるまでもない。お亀久は顔をしかめて立ち上がり、部屋の隅にある鏡台を覗き込む。

外に出ないので肌の色こそ白いものの、丸い目は小さく、鼻も低い。おまけに父親譲りの猪首《いくび》のせいで、高価な着物で着飾ったって後ろ姿さえ絵にならない。口と性格が悪い万紀の次男の紀次なんて、「おめぇなんかきくじゃねぇ。首をすくめた亀じゃねぇか」と会うたびに自分を馬鹿にした。

嫁になんて行く気もないのに、いやいや見合いをした相手にがっかりされるなんて真っ平《まっぴら》よ。気心の知れた紀一郎さんだから夫婦になってもいいと思ったのに。

お亀久は鏡に映る己に向かって、わざと歯を剝《む》いた。

子供のころは、大人になればきれいになれると信じていた。紀次に「亀だ」と馬鹿にされても、「そう言うあんたはきじじゃないの。桃太郎《ももたろう》の供をして、早く鬼ヶ島《おにしま》に行っといで」と言い返していたものだ。

だが、お八重の言い分も残念ながら一理ある。

兄は不幸続きの妹にやさしいけれど、嫁を迎えれば言うことだって変わるだろう。世間知らずの自分でもそれくらいは見当が付く。

嫁かず後家の小姑《こじゅうと》なんて、嫂《あによめ》にとっては目障りだもの。もしも家に居づらくなったら、いっそ尼寺に行こうかしら。俗世と縁を切ってしまえば、男とかかわらなくてすむものね。

出家後は加吉と紀一郎の菩提《ぼだい》を弔《とむら》い、静かに生きていけばいい。お亀久はそう思い付き、次の瞬間手を打った。いっそ、いますぐ尼になれば、さまざまな煩《わずら》わしさから逃れられる。尼寺に入れば、世間の噂も遠ざかる。場所柄亡骸《なきがら》は目にしても、血を見ることは少ないだろう。出来の悪い妹がいなくなれば、兄の縁談も進むはずだ。お亀久はすっかりその気になり、さっそく父に思いを伝えた。

「おとっつぁん、あたしは紀一郎さん以外の人と一緒になる気はありません。尼になって紀一郎さんと加吉さんの冥福を祈りたいと思います」

ところが、最後まで言う前に「馬鹿を言うな」と怒鳴られた。

「おまえが出家して誰が喜ぶ。死んだ加吉さんに申し訳ないと思うなら、人並みに所帯を持って幸せになれ。加吉さんのおかみさんもそれを望んでいたんだぞ」

かつて父は死んだ加吉の女房に手をついて、「自分にできることなら何でもする」と詫びたそうだ。

「ご亭主の命と引き換えに娘を助けてもらったんだ。千両出せと言われても喜んで払うつもりだった。だが、おかみさんは『亭主の墓代として五両もあれば十分だ』と言ったんだよ」

そのささやかすぎる願いを父は受け入れられなかった。こっちにも札差の主人としての体裁がある。それっぽっちですませるわけにはいかないと粘ったが、相手が承知しなかったとか。

「どうしても気がすまないのなら、坂田屋のお嬢さんには亭主の分まで幸せになってもらいたい。うちは子供がいないから、それが一番の供養になると言われてね。死んだ加吉さんに誓って、必ず娘を幸せにすると約束した。だから、佐紀蔵さんに無理を言って、紀一郎の婿入りをまとめたのに……」

苦渋に満ちた父の顔にお亀久は胸が痛くなる。父が自分に甘かったのは、そういう事情があったからか。

とはいえ、こんな自分が嫁に行っても幸せになれるとは思えない。お亀久が頭を抱えているうちに、さらなる不幸が坂田屋に襲いかかった。

九月十六日、幕府は困窮する旗本御家人《はたもとごけにん》を救うために棄捐令《きえんれい》を出したのである。

二

天領からの年貢米《ねんぐまい》は浅草御蔵《おくら》に納められ、所領を持たない旗本御家人に家禄として支給される。札差はその米を旗本御家人に代わって受け取り、客の求めに応じて換金する商売だ。

徳川幕府が続く限り、直参《じきさん》の家禄は必ず支給される。

しかし、太平の世が続くにつれて物の値は上がっていくけれど、家禄はまったく上がらない。日々の費《つい》えは足りなくなり、旗本御家人は先々支給される家禄を担保に札差から金を借りる。その借金は代を重ねるごとに積み上がり、濡れ手で粟の札差は町人の分際で豪遊する。幕府はそれが目に余り、ふくれあがった借金を踏み倒すことにしたようだ。

降って湧いた人災に江戸中の札差は大騒ぎした。

坂田屋とて例外ではなかったものの、いち早く落ち着きを取り戻した。商売に明るかった田沼《たぬま》意次《おきつぐ》様が失脚し、「質素倹約」が好きな松平定信《まつだいらさだのぶ》様が老中首座《ろうじゆうしゆざ》になられてから、「何らかの締め付けがあるはずだ」とひそかに覚悟していたという。

「うちはもともと返済の滞っている旗本との付き合いを断っていたからな。そのせいで性質《たち》の悪い連中の恨みを買ったが……」

父は後半口ごもり、娘からそっと目をそらす。

たとえ外に出なくとも、噂は勝手に聞こえてくる。お亀久が浪人に攫われたのは、父を恨んだ旗本が陰で糸を引いていたとか。

だが、何の証拠もない上に、下手人はすでにお仕置きを受けている。父は娘に何も言わないけれど、忸怩《じくじ》たる思いがあるのだろう。

「何はともあれ、おまえはいままで通り家にいろ。決して外に出るんじゃないぞ」

言われなくとも出る気はないと、お亀久は素直にうなずいた。

噂ではこの棄捐令で、百万両を超える旗本御家人の借金が帳消しにされたとか。

江戸の札差は百九人。頭数で割れば、ひとりおおよそ九千両を超える損をしたことになる。

うちは大丈夫なようだけど、他の札差はどうなんだろう。相模屋のお八重ちゃんはもうじき祝言を挙げるのに、大丈夫なのかしら。

札差は大体派手好きだが、中でもお八重の父、相模屋伝衛門《でんえもん》の気前のよさは有名だ。跡取り娘の祝言には人一倍贅《ぜい》を凝《こ》らしたに違いない。ひそかに危ぶんでいたある日、女中たちのやり取りがお亀久の耳に入ってきた。

「あたしたちは坂田屋に奉公していてよかったよねぇ。他の札差は軒並み奉公人に暇を出したっていうじゃないか」

「ああ、平右衛門町《へいえもんちょう》の伊勢屋《いせや》なんて、六人いた女中が三人になったってさ。そのせいで仕事は倍になったのに、膳のお菜はお新香だけだって。御新造様に何とかしてくれと頼んだら、『嫌なら出ていけ』と言われたらしいよ」

「でも、伊勢屋はまだましさ。瓦町の相模屋なんて、女中はすべて暇を出されたってよ」

襖《ふすま》越しの話に息を呑み、お亀久は耳をそばだてる。お嬢さんの盗み聞きに気付かないまま、女中たちは噂話を続けた。

「あそこはうちのお嬢さんと同い年の跡取り娘がいただろう。祝言が近いって聞いたけど、女中をやめさせちまって平気なのかい」

「だから、祝言どころじゃないんだよ。相模屋は娘の花嫁衣装の代金が払えなくて、縁談そのものがなくなったんだって」

「えっ、そうなの」

お亀久が心で叫んだ台詞《せりふ》を女中のひとりが口にする。すると、訳知りらしい女中の声がした。

「もうじき潰れる店に婿入りしたって、何のうまみもないじゃないか。破談になって当然だよ」

「そりゃ、そうだけど」

「金の切れ目が縁の切れ目ってね。せめて祝言を挙げたあとに棄捐令が出ていたら、何とかなったかもしれないのに」

憐れむような言葉が聞こえたところで、母が女中を呼んだようだ。「はい、ただいま」の返事に続き、バタバタと足音が遠ざかる。お亀久は閉じられた襖のそばで、呆然と立ち尽くしていた。

花嫁衣装の代金すら払えなくて、破談になってしまったなんて……お八重ちゃんはどれほど傷ついているかしら。

跡取り娘にして器量よしのお八重は、まさしく「蝶よ花よ」と育てられたお嬢さんだ。多少わがままなところはあったけれど、情に篤く、面倒見がいい。婿となる本両替商の三男とも仲むつまじく、相手は美人の許婚に惚れ込んでいたはずだ。

お八重は家から出なくなった自分を案じ、わざわざ足を運んでくれた。今度は自分が相模屋に行き、幼馴染みを励ますべきだろう。頭ではそう思いながら、お亀久はその場を動けなかった。

痛手の少なかった坂田屋の娘に慰《なぐさ》められても、嫌みにしか聞こえまい。

どうして、お八重ちゃんがこんな目に……。札差は定法通りに商いをしていただけなのに、お上のなさることは無茶苦茶よ。

だが、どれほど理不尽なお触れでも、商人は逆らえない。お亀久は幼馴染みの胸中を思い、無力な自分に憤る。

紀一郎が行方知れずになってから、まだ半年も経っていない。どうして自分の周りで次々と不幸が起こるのか。お亀久はやり場のない怒りを持てあまし、お八重と最後に会った日のことを思い起こした。

あのときは説教がましいことを言われて、「あんたも許婚がいなくなれば、あたしの気持ちがわかるわよ」なんて恨みに思ったりしたけれど、真実、破談になってほしかったわけじゃないわ。

心の中で言い訳したとき、別れ際のお八重の言葉がよみがえった。口の悪い幼馴染みは「その前に一度お祓いをしときなさいな。あんたは運が悪いから」とお亀久に告げていたのである。

ああ、そうだ。

きっと、自分が不幸を招いてしまうのだ。

魚屋の加吉は自分をかばって斬り殺され、紀一郎は自分の許婚になったせいで、紀州の山崩れに巻き込まれた。理不尽過ぎる棄捐令が出されたのも、自分が札差の娘だからに違いない。

あたしが六年前に死んでいたら、紀一郎さんは無事だったはず。お上だって棄捐令を出さなかったんじゃないかしら。

他人が聞いたら、「馬鹿馬鹿しい」と一笑に付しただろう。だが、お亀久はそうとしか思えなかった。

これ以上自分の周りを不幸にしながら、無為に生きているのはつらすぎる。一日も早くあの世に逝き、更なる不幸を止めなくては。

しかし、「尼になりたい」と父に言ったせいで、近ごろは家の中でもひとりにさせてもらえない。隠れて首を吊ろうとしても、梁《はり》にしごきをかけたところで誰かに見つかってしまうだろう。毒があればいいのだが、あいにく手に入らない。血を見るのは怖いから、刃物はなるたけ使いたくない。お亀久はさんざん悩んだ末に「川に身を投げよう」と決心した。

あたしが部屋にいなくとも、家の中しか捜さないはず。柳橋《やなぎばし》はすぐそこだし、目をつぶって神田川《かんだがわ》に飛び込めばいいわ。

自分のするべきことが決まり、お亀久は固く両手を握った。

加吉の最期を目にしたときから、ずっと「血」と「男」を避けてきた。だが、自ら死ぬと決めてしまえば、怖いものなど何もない。そして、九月晦日《みそか》の暮れ六ツ（午後六時頃）前、夕餉《ゆうげ》の支度をする女中たちの目を盗み、裏口からそっと抜け出した。

ひとりで外を歩くのは、実に六年ぶりである。お亀久は吹きつける風の冷たさに短い首をすくませた。

日没間近の空は夕闇に染まり、わずかな日の名残《なごり》が川面《かわも》を赤く染めている。晦日の夜空に月は出ないが、これから屋形船を出す客がいるのだろう。頬《ほお》かむりをした船頭が船の提灯《ちょうちん》に灯を入れていた。

昔はさんざん歩いた家の近所でありながら、今日はすべてが目新しい。お亀久は瞬《まばた》きをするのも忘れ、じっくりと周囲を見渡した。

軒《のき》を連ねる料理屋はこれから忙しくなるのだろう。どの店も入口に女中と下足番が立ち、客を待ち構えている。粋な芸者は座敷に向かうところなのか、三味線《しゃみせん》持ちを従えて気取った様子で歩いていた。

反対に仕事を終えた半纏着《はんてんぎ》の職人や人足は、くたびれた恰好で先を急ぐ。行き先は居酒屋か、女房や子の待つ自分の家か。いつもは男がそばに寄るだけで震えてしまうお亀久だが、覚悟を決めたからだろう。恐怖を感じることもなく、今生の見納めを目に焼き付けた。

よく「死んだ気になれば何でもできる」って言うけど本当ね。こんなことなら、もっと早く決心すればよかったわ。

柳橋は神田川と大川が交わるところに架かっている。

お亀久は日が暮れ切る前にたどり着き、橋の中ほどで立ち止まった。そのまま欄干に手をかければ、通りすがる人たちに怪訝《けげん》そうな目を向けられる。それでも、わざわざ立ち止まって声をかけてくる人はいなかった。

すでに真っ暗な川面には、遠くの船の灯りだけがきらめいている。

そして、これから川へ飛び込むのだと改めて思った刹那、お亀久の頭が一気に冷えた。暦《こよみ》は明日から十月になる。神田川の水は刺すように冷たいだろう。

でも、苦しむのはほんの一瞬で、その後は楽になれるのよ。おとっつぁん、おっかさん、先立つ不孝をお許しください。

怯む心と身体を叱咤《しった》しても、手足は勝手に震えてしまう。できるだけすぐに死ねますようにと、心の中で念仏を唱え始めたときだった。

「おい、どうしてこんなところにいる」

男の声に振り向けば、死んだはずの紀一郎が暗がりに立っていた。お亀久は欄干から手を放し、よろめくように近づいたが、

「何だ、その間抜け面は。言っとくが、俺は兄貴じゃねぇぞ」

ここにいるのは弟で、口の悪い紀次だ――お亀久は相手の憎まれ口で我に返り、「言われなくとも」と言い返す。二つ違いの兄弟は見た目だけならよく似ており、どちらも端整な二枚目だった。

しかし、おっとりとやさしい兄と違い、弟は喧嘩っ早《ぱや》くて口が悪い。身体も弟のほうが大きくて、町娘には「男らしい」と人気があった。

長らく音沙汰のなかった幼馴染みとこんなところで会うなんて。お亀久が後ずさろうとする前に、素早く手首を摑まれた。

「出不精の亀がようやく出てきたと思ったら、よりによって身投げかよ。まったく、おめぇはろくなことをしやがらねぇ」

うんざりしたような相手の言葉がひび割れた心に突き刺さる。紀次にはひどいことを言われ続

けてきたけれど、今日ほどこたえたことはなかった。

「……言われなくてもわかってるわ。あたしがいると不幸を呼ぶ。だから、死のうとしたんじゃないの」

お亀久は胸の内を吐き出して、その手を振り払おうとした。

しかし、男の力にはかなわない。引きずるように坂田屋へ連れ帰られ、両親の前に突き出されてしまう。事の次第を知った両親は青くなり、紀次に繰り返し礼を言った。

「紀次さんが通りかかってくれて、本当に助かった」

「ええ、おまえさんがいなかったら、どうなっていたことか」

「おじさんもおばさんも頭を上げてくださいよ。それより、こいつから目を離さないようにしてくだせぇ」

紀次は横目でお亀久を睨み、ふんぞり返って言い放つ。両親は深くうなずいた。

「ああ、言われるまでもない」

「紀次さんは娘の命の恩人だもの。改めてお礼をさせてちょうだい」

手を合わせんばかりの両親に見送られ、紀次は帰っていく。その後、父はどうしても外せない札差仲間の寄合へと出かけていき、お亀久は母と二人になった。

「六年ぶりに家を抜け出したと思ったら、よりによって身投げだなんて……おまえはどこまで親に心配をかければ気がすむの」

母の声が震えているのは、涙をこらえているからか。お亀久は両手で膝頭を摑み、上目遣いに母を見た。

「だって、あたしのせいでみなが不幸に……」

「心得違いもいい加減にしなさい。何でそんなことを言い出すんだか」

さも頭が痛いと言いたげに、母はこめかみに手を当てる。相手の言いたいことは承知の上で、お亀久は首を左右に振った。

「魚屋のおじさんはあたしをかばって死んだのよ。それに紀一郎さんだって」

棄捐令はともかく、加吉と紀一郎の不幸は自分にかかわったせいだろう。あくまで我が身を責める娘に母は声を荒らげる。

「あんたが望んで攫われたわけでも、紀州の山崩れを起こしたわけでもないだろう。あんたが自害をしたら、命を捨てて助けてくれた加吉さんは死に損じゃないか。そもそもあんたは難産で、あたしだって死にかけたんだよ」

初めて聞く最後の言葉にお亀久は思わず息を吞む。

「じゃあ、あたしのせいでおっかさんまで……」

やはり自分が生まれたのは間違いだった――お亀久がそう言いかけたとき、母に平手で頰を打たれた。

「実の母親の前で、よくもそんな言葉が吐けたもんだね。おまえを『亀久』と名付けたのは、万年生きる亀にあやかり、長生きしてほしいからじゃないか」

「……………」

「母親がどれほどの痛みに耐えて我が子を産むか。こうなりゃ、赤ん坊が生まれるところをその目でしかと見るがいい」

顔を真っ赤にして怒られて、お亀久は逆に青ざめた。赤ん坊が生まれるところとは、お産に立ち会えということだろう。

詳しいことは知らないものの、お産は命がけだと聞く。これ以上、人の生死にかかわるなんて真っ平御免だ。

「おっかさん、勘弁して」

「いまさら血が怖いなんて泣き言は聞かないよ。それこそ死ぬつもりなら、何だってできるだろう」

こっちを睨む母の目には、うっすら涙が滲んでいる。

自分の浅はかな振る舞いがどれほど母を傷つけたか。嫌でも思い知らされて、お亀久は嫌だと言えなくなった。

三

翌十月一日はあいにくの曇り空だった。

母は嫌がるお亀久と女中を伴い、自身が生まれ育った八丁堀《はっちょうぼり》へ足を向けた。

江戸の町方役人が「八丁堀の旦那」と呼ばれるように、この界隈《かいわい》は町方役人の組屋敷が多い半面、町人も数多く住んでいる。母の実家は幸町《さいわいちょう》の荒物問屋金久《かねひさ》で、お亀久もかどわかしに遭うまではよく遊びに行っていた。

「あんたやあたしを取り上げた産婆さんが本八丁堀二丁目に住んでいるんだよ。おタネ様は『産婆の神様』と言われるほどの腕利きなんだから」

道々語り続ける母は、昨日と打って変わって機嫌がいい。娘を連れて外出するのが六年ぶりだからだろう。

「お産はいつ始まるかわからないから、家の近くの産婆さんのほうがいいんだけどね。あたしはどうしてもおタネ様にお願いしたくて、蔵前《くらまえ》まで来てもらったのさ」

産気づいてすぐに駆け付けてもらうには、近所の産婆のほうが安心だ。

しかし、母は嫁ぐ前から「自分の子は産婆の神様に取り上げてもらう」と決めていたという。

「お産は女の命がけだ。未熟な産婆に頼んで我が子を死なせるようなことになれば、悔やんでも悔やみきれないもの」

そんなふうに言われると、勝手に死のうとしたことが申し訳なくなってしまう。それでも、昨日はそれしかないと思ったのだ。

おっかさんには悪いけど、あたしは生きることに疲れてしまった。その産婆の神様が無茶な頼みを断ってくれるといいけれど。

母には言えない思いを胸に、お亀久は母の後に続く。

大道芸人が張り合って口上を言う西両国《りょうごく》の広小路《ひろこうじ》から、大店《おおだな》の建ち並ぶ日本橋《にほんばし》北の界隈を抜けて江戸橋《えどばし》を渡る。それほど長くもない楓川《もみじがわ》には五つも橋が架かっていて、川岸には土蔵と材木問屋が軒を連ねる。勢い、腕っぷしの強そうな男たちが数多くいて、お亀久はそういう男とすれ違うたび、息を殺して身を硬くした。

坂田屋のある蔵前から八丁堀まではかなりある。駕籠《かご》を使えば通りすがりに男を見なくてすむのだが、見知らぬ男の担ぐ駕籠に乗るのはもっと嫌だった。

怯えなくとも大丈夫。これだけ人通りが多ければ、滅多なことはできないわ。

心の中で唱えながらも、お亀久の歩みは徐々に速くなっていく。母も娘の様子がおかしいことに気付いたのだろう。女中を急《せ》かして弾正橋《だんじょうばし》を渡り、本八丁堀一丁目を通り過ぎて二丁目の木戸をくぐった。

その近くの路地の突き当たりにこぢんまりした二階家があり、「取上げ婆　タネ」と書かれた軒燈《けんとう》が下がっている。母は迷わずその戸を叩いた。

「ごめんください。坂田屋の富久《ふく》でございます。お稲《いね》さんはおいでですか」

母が軒燈とは異なる名を口にすると、小太りの中年女が現れた。

「おやまぁ、ようこそお越しくださいました。坂田屋の御新造さん、本当にお久しぶりですねぇ。そちらはお嬢さんですか」

お稲は細い目をさらに細くして、母からお亀久へと目を移す。

ここは自ら名乗るべきだとわかっていたが、お亀久はもう何年も知らない人と口をきいたことがない。なかなか声を出せずにいると、母が代わって答えてくれた。

「ええ、おタネ様に取り上げてもらった娘の亀久でございます。ずいぶん大きくなったでしょう」

「本当にねぇ。それで、どうしてお嬢さんをここに連れてきたんです。ひょっとしておめでたですか」

ニコニコしながら尋ねられ、お亀久はこっそり顔をしかめる。まだ嫁いでもいないのに、子ができたりするものか。

一方、母は残念そうにため息をつく。

「いいえ、そうじゃないんです。話せば長くなりますが、今日はおタネ様にお願いがありまして……」

「他ならぬ御新造さんの頼みだもの。まずはお上がりくださいまし」

母は「一刻（約二時間）してから迎えにおいで」と女中に命じ、娘と共に家に上がる。お稲は二人に茶を出すと、「おタネ様を呼んできます」と部屋を出ていったきり、なかなか戻ってこなかった。

二階家とはいえ、たかが町人の住む裏店である。広大な武家屋敷でもあるまいに、一体何をしているのか。お亀久がイライラし始めたとき、お稲はようやく小柄な老婆を連れてきた。

「おタネ様、ご無沙汰をしております。金久の娘で、蔵前の坂田屋に嫁いだ富久でございます。今日はお願いがございまして、娘ともども押しかけてまいりました」

深々と頭を下げる母を見て、お亀久も慌てて頭を下げる。

ひと呼吸《いき》おいて頭を上げると、お稲の隣で年寄りが大口を開けてあくびしていた。髪や着物の派手な乱れ具合からして、恐らく寝起きなのだろう。

この梅干しのタネみたいなおばあさんが産婆の神様？　あたしには耄碌《もうろく》した年寄りにしか見えないわよ。

頭は白髪《しらが》さえ薄くなり、地肌が透けてしまっている。袖口からのぞく手首は枯れ枝のようで、転んだらポキリと折れそうだ。お亀久が信じられない思いで見つめていると、母は昔語りを始めた。

「あたしがおタネ様に取り上げてもらいましたのは、寛延《かんえん》四年（一七五一）辛未《かのとひつじ》のことでございます。あの年も今年と同じく閏年で、八代様のご葬儀が寛永寺《かんえいじ》で行われた閏六月に金久で生まれました」

いきなり四十年近く前のことを言われても、向こうは長年大勢の赤ん坊を取り上げてきたはずだ。どうせ忘れていると思っていたら、年寄りはカッと目を見開く。

「ああ、金久さんのところのお嬢さんかい。あんたは産気づいてから半日足らずで生まれてきて、親孝行な娘だったよ。するってぇと、後ろにいるのがあんたの産んだ娘かい」

「はい、安永《あんえい》三年（一七七四）甲午《きのえうま》に取り上げてもらった亀久でございます」

「もちろん、覚えているよ。その子は二人目だってのに、なかなか腹から出てこなくてさ。お富久さんの腹の中はよほど居心地がよかったのか、それともこの世に出てきたくなかったのか」

まるで乾物を水で戻したように、老婆の目が生気を帯びる。母は我が意を得たりとうなずいた。

「ええ、そうなんでございます。生まれるときにさんざん苦労をかけた上に、いまもとんだ親泣かせでございまして。この子ときたら罰当たりにも身投げをしようとしたんです」

それは聞き捨てならないと、お稲に細い目で睨まれる。母は肩身の狭い娘をよそに、これまでのことを洗いざらい打ち明けた。

「かどわかしに遭ったこの子を不憫《ふびん》に思って甘やかし、命を粗末にするような親不孝にしてしまいました。この世には産声《うぶごえ》を上げられない子や、生きたくても生きられない子が山ほどいるのに」

「御新造さんのご心痛はお察ししますよ。それで、お夕ネ様にお願いというのは何でしょう」

お稲は大きくうなずきつつも、少々心配そうに問い返す。母はよくぞ聞いてくれたとばかりに膝を進めた。

「この子の性根を叩き直すため、なるたけ早くお産に立ち会わせてもらえませんか。母親が命がけで赤ん坊を産む姿を見れば、この子の目も覚めるはずです」

「でも、この子はまだ十四だろう。お産を見せるのは早いんじゃないのかい」

「お夕ネ様、お亀久はもう十六ですよ」

心配そうなお夕ネ様に母がすかさず言い返す。お夕ネ様は首を傾《かし》げた。

「だって、安永三年の生まれだろう。安永十年が天明元年（一七八一）で、今年は天明……何年だい」

指を折りながら尋ねる相手に、お亀久はまたもや不安になる。

赤ん坊の生まれた年は覚えていても、今年が何年かわからないとは。知らず眉をひそめると、横からお稲が耳打ちした。

「今年は天明九年ですけど、一月に寛政元年と改まりました」

「ああ、そういや、そうだったね。何やかやと元号が変わるせいで、ややこしくっていけないよ」

年寄りの文句をみなまで聞かず、お稲は母に話しかける。

「御新造さんの事情はわかりましたが、果たして目論見通りにいきますかどうか。ご存じの通り、お産は必ずうまくいくとは限りません」

どれほど経過が順調でも、無事に生まれないこともある。産声《うぶごえ》を上げない赤ん坊を目にしたら、お亀久がますます世を儚《はかな》むとお稲は案じているようだ。

「ですが、おタネ様は産婆の神様です。めったなことは起きないでしょう」

「産婆の神様と呼ばれていても、本物の神様じゃありませんよ。それに股を広げていきむ姿を赤の他人の生娘に見せるのはねぇ。御新造さんだって、あのときの姿を他人に見せたくないでしょう」

母の言葉をさえぎるお稲におタネ様は何も言わない。いまはお稲がお産を取り仕切っているようだ。

母の信じる産婆の神様はとっくに名ばかりではないか。お亀久はお稲に駄目押しのつもりで申し出た。

「あの、あたしは血が苦手で……」

「だったら、なおさらやめておきな。赤ん坊を産み落とすときはもちろんのこと、後産だって結構な血を見ることになる。お産の最中に取り乱して、邪魔をされたら迷惑だ」

まったくもってその通りだが、母はあきらめが悪かった。断る気満々のお稲の前で深々と頭を下げる。

「無理なお願いをしていることは重々承知しています。それでも、この子に憑《と》りついた死神を追い払ってやりたいんです」

「……だとしても、見ず知らずの他人にお産を見せたいって物好きがいるとは思えませんがねぇ」

「そうよ、おっかさん。そんな女がいるもんですか」

いつもツイていないお亀久だが、今日はめずらしくツイていた。ひそかにほくそ笑んだとき、

「でしたら」と母が言葉を継ぐ。

「お産に立ち会わせてくれた方に十両払います。おタネ様とお稲さんにも五両ずつ払いましょう。それでも駄目ですか」

法外な金額を耳にして、お稲が目を丸くする。母はすかさず畳みかけた。

「無事に子供が生まれても、子育てはお金がかかります。特に乳飲み子の間は何かと物入りですからね」

お産を見せるだけで十両も手に入るなら、承知する貧乏人はいるはずだ――母の言葉におタネ様も「そりゃそうだ」と相槌《あいづち》を打つ。お稲は観念したようにうなずいた。

「……そういうことなら、臨月の人に声をかけてみましょうか」

「そんなっ」

お亀久は異を唱えかけ、母に睨まれて口ごもる。結局、お産に立ち会うことが決まってしまった。

四

「おっかさん、あたしはもう二度と自害をしようとしませんから、お産の立ち会いだけは勘弁して」

天王町の坂田屋へ戻るなり、お亀久は母に頭を下げた。

あれよあれよと話が進んでしまったが、万が一にも赤ん坊や母親の死に目になんて会いたくない。両手を合わせて頼んでも、母は勘弁してくれなかった。

「お夕ネ様がついていて、めったなことがあるもんか。お稲さんだって難産になりそうな人は避けるだろう」

そんなことを言われても、母の信じる神様はすっかり耄碌していたではないか。お亀久が眠れぬ夜を過ごした翌朝、万紀の紀次がやってきた。

「おい、昨日はどこへ行っていた」

顔を見るなり問い質《ただ》されて、お亀久の眉間が思わず狭くなる。昨日、自分の留守中に紀次が来たことは奉公人から聞いていたが、今日も来るとは思わなかった。

「別にどこでもいいでしょう。あんたこそ何の用よ」

「何だ、その言い草は。俺は命の恩人だぞ」

恩着せがましい言葉を吐かれ、お亀久の頭に血が上る。

誰も助けてほしいなんて言っちゃいないわ。あたしのことが目障りなら、放っておけばよかったでしょう。

とっさに言い返そうとして、すんでのところで思いとどまる。

もしもあのまま死んでいたら、両親がどれほど悲しんだかわからない。跡取りの兄にも「親に心配をかけるな」と叱られた。

――おまえのつらい気持ちもわかるが、大事な娘に突然身投げをされてみろ。さしもの坂田屋壮一もしばらくは使い物にならないだろう。いまそんなことになれば、江戸の札差はおしまいだぞ。

横暴な幕府に一矢報いるべく、札差は一致団結して動いている。痛手の少なかった坂田屋は何かと頼りにされていて、父は寝る間もないほど忙しいとか。

――長らく札差の娘として何不自由ない暮らしをさせてもらったんだ。少しは店のことも考えろ。

兄の険しい表情を思い出し、お亀久はゆっくり息を吐く。

考えてみれば、紀次だって兄を失ったばかりなのだ。自分の身投げを止めたのはそのせいだろうと思い直し、問われたことに答えてやった。

「昨日はおっかさんと一緒に産婆さんのところへ行ってきたの」

その瞬間、紀次は目を剝《む》いた。

「おい、まさか兄貴の子か」

「えっ」

「だから、おめぇは神田川に身を投げて、兄貴のところへ行こうとしたのか。それで腹の子は無事なのか」

血相を変えた相手はとんだ勘違いをしているようだ。お亀久は「馬鹿なことを言わないで」と真っ赤になった。

「あたしと紀一郎さんは清い仲よ。下世話な勘繰りをしないでちょうだい」

「だけど、おばさんと産婆のところに行ったって」

「おっかさんはあたしに命の尊さを教えようとしただけよ。あたしが身籠ったわけじゃないわ」

どうしてこんなことをいちいち言わなければならないのか。恥ずかしさをこらえて睨みつければ、紀次はホッとしたように座り直した。

「そ、そうだよな。兄貴が亀なんかに手を出すもんか」

仮にも義姉になるはずだった自分に向かって、「亀なんか」とは失礼な。お亀久は口を尖らせた。

この人のこういうところが嫌いなのよ。幼いころならいざ知らず、いつまでも亀、亀って人を馬鹿にして。

それからいくらもしないうちに紀次は帰ったけれど、翌日も翌々日も顔を出して、お亀久を閉口させた。

紀次さんも万紀の跡継ぎになったんだし、やることは山ほどあるはずでしょう。一体どういうつもりなの。

紀一郎捜しはいまも続いているけれど、誰もが内心あきらめている。万が一、紀一郎が生きていても、万紀を継ぐことはない。紀次は跡取りとしてもっと真面目に働くべきだと苦々しく思っていると、産婆のお稲に呼び出された。


「お常《つね》さんは四人目だからね。前の三人も安産だったし、御新造さんもお嬢さんも大船に乗った気でいておくれ」

以前のしかめっ面とは打って変わり、お稲は得意げに胸を張る。傍らに控えるお常の腹はいまにもはち切れそうなほど膨らんでいた。

「他にも臨月の人はいるけれど、お常さんはここで産むから都合がいいんだ」

お産は本来妊婦の家で行うが、子だくさんの貧乏人は家で産めないこともある。お常は上二人もおタネ様の家で産んだそうだ。

「ここなら御新造さんたちがお産に立ち会っても、近所に住む人たちに変な目で見られずにすむからさ」

「お稲さん、お気遣いありがとうございます。お常さんも無理なお願いを受けてくださって、助かりました」

「十両ももらえるなら、お産を見せるくらい屁でもないさ。ところで、その金はいつもらえますかね」

母の言葉をさえぎってお常が尋ねる。あからさまな求めに苦笑して、母は懐《ふところ》に手を入れた。

「ご心配なら、いますぐ払いましょうか」

「ええ、そうしてくださいな。何事も万が一ってことがありますから、お稲さんに預かっといてもらいます。お稲さん、あたしにもしものことがあれば、この金はうちの宿六に渡しとくれ」

お常はお産で命を落とし、礼金を踏み倒されることを恐れたようだ。母からもらった十両をそのままお稲に差し出した。

「これでようやく安心して赤ん坊が産めるってもんですよ。御新造さん、失礼なことを言ってすみませんね」

三人も産んでいる母親ですら、万が一のことを考えるのか。お亀久はますます不安になったが、母はまるで動じない。

「いいえ、こちらこそ。不躾《ぶしつけ》な頼みということは重々承知しています」

頭を下げる母に続き、お亀久も黙って頭を下げる。お常は「礼を言うのはこっちです」と笑っていた。

お常の亭主は棒手振りの魚屋で、棄捐令が出てから稼ぎが極端に細ったという。しかも十日前に酔って転び、いまは商売を休んでいるとか。

「てめぇの女房が臨月なのに、肝心なときに稼げなくなるなんてねぇ。本当に役立たずなんだから」

子供は八つの長女を頭に五つと三つの息子がいて、いまは長女が下二人の面倒を見ているらしい。

「亭主はそんな具合だし、あたしも産後しばらくは稼げない。御新造さんの十両がなかったら、上の娘を奉公に出すか、生まれたばかりの赤ん坊を手放す羽目になるところでした」

両手を合わせて感謝されたが、お亀久はそれどころではなかった。お常の亭主が棒手振りの魚屋と知り、自分をかばって殺された加吉を思い出してしまう。

父に聞いた話だと、加吉の女房には子がなかった。お亀久の幸せを願ってくれたという女房のためにも、お常には元気な赤ん坊を産んでほしかった。

それから五日後の十月二十五日の夕方、とうとうお常が産気づいた。

知らせを受けた母とお亀久は駕籠で八丁堀に駆け付けた。お亀久は乗りたくなかったが、母が許してくれなかった。

お常のお産の無事を祈りながら母と産屋《うぶや》に踏み込めば、そこにはケロリとした顔のお常とお稲がいた。

「慌てさせたみたいで、すみませんね。お産は産気づいてからが長いんだよ」

お稲の説明に安堵しつつも、お亀久は拍子抜けしてしまう。母は薄々わかっていたのか、すぐに「握り飯をこさえる」と言い出した。

「腹が減っては元気な子なんて産めません。ほら、お亀久も手伝いなさい」

日頃料理をしなくとも、握り飯くらいはできる。少々いびつな握り飯を皿に並べ、さぁ食べようというところで、母がお稲に問いかけた。

「あの、おタネ様はどちらですか」

「いざというときに備えて、二階で寝ています」

あっけらかんと返されて、お亀久の顎が落ちかける。いくら年寄りとはいえ、産気づいた妊婦を放ったらかして産婆が寝ているとは思わなかった。

母もさすがに驚いて、「そろそろ起こしませんか」と言う。だが、お稲は「平気ですって」と手を振った。

「おタネ様は危なくなったら、ちゃんとお出ましくださるから。もっとも、今日は出番がないと思いますよ」

それでも母は不安なのか、心配そうに上を見る。すると、今度はお常が「大丈夫だよ」と請け合った。

「うちの二番目と三番目の子は、お稲さんがひとりで取り上げてくれたんだ。おタネ様はへその緒を切っただけなのさ」

だから心配ないと言われて、母はようやく引き下がった。

その後、陣痛の間隔が徐々に短くなり、夜も更《ふ》けて町木戸が閉まった辺りでいよいよお産は佳境に入った。

産屋の畳には汚れ除けの油紙が敷かれている。お常は重ねた布団《ふとん》にぼろ布をかぶせて寄りかかり、梁からつるした力綱を必死に握りしめていた。

十月も末になって夜は芯から冷えるのに、赤らんだお常の額から汗が流れる。お稲は白のタスキに鉢巻き姿で、お常の開いた股の間に陣取っていた。

「お常さん、うまいよ。もうひと息だ」

お稲の励ましに応えるように、うめき声が大きくなる。

詳しいことはわからないが、お産は順調なようである。それをうれしく思いつつ、お亀久はたちこめる血の臭いに口を押さえた。

この調子だとおタネ様の出る幕はなさそうね。お常さんもつらそうだし、早く生まれてくれないかしら。

痛みに耐えるお常の顔はすさまじさを増していく。たまらず目をそらしたら、母に頭を叩かれた。

「ほら、しっかり見なきゃ駄目じゃないか。女はみなああやって、我が子を産み落とすんだから」

いくら頭を叩かれても、人が苦しむ姿なんてまともに見ていられない。お亀久は薄目を開けながら安産を祈ることしかできなかった。

しかし、赤ん坊は生まれないまま九ツ（午前零時頃）を過ぎ、血の臭いが濃くなっていく。母がたまらず両手を合わせた。

「四人目だから安心だと思ったけれど、その分年を取るものね。きっと、いきむ力が足りないんだわ」

不吉な見立てにお亀久の背筋が凍り付く。お稲も母と同じことを思ったのだろう。お常の会陰《えいん》にさらしを当て、叱るように声を荒らげた。

「お常さん、もっとしっかりいきんどくれ。力を抜くのはまだ早いよ」

いままで「うまい」とほめていたのに、お稲も余裕がなくなってきたようだ。思わず母の顔を見れば、顔色が悪くなっていた。

「お亀久、急いでおタネ様を連れておいで」

「は、はいっ」

そうだ、こういうときこそ名ばかりでも産婆の神様の出番だろう。お亀久が立ち上がりかけたとき、勢いよく襖が開いておタネ様が現れた。

「おや、ちょうどいいところへ来たようだ。お稲、代わるよ。お常さん、あたしの声が聞こえるかい」

特に慌てた様子も見せず、おタネ様はしわの寄った手でお常の汗を拭ってやる。お常はうっすら目を開けた。

「おタネ様、腹の子は……」

「心配しなくとも大丈夫だ。赤ん坊はちゃんと下りてきている。次の波が来たら、ありったけの力でいきむんだよ」

たっぷり寝たせいなのか、おタネ様の声は力強い。しかも、年甲斐もなく真っ赤なタスキをかけていた。

「ちょいと血が多く流れたけれど、心配することはないからね。赤は血の色、命の色だ。お常さん、大丈夫だよ」

産婆の神様に「大丈夫だ」と繰り返されて、お常は力綱を握り直す。続いて顔をしかめた瞬間、おタネ様が大音声《だいおんじょう》を張り上げた。

「ほら、いまだっ」

「あ、あああううぅあっ」

おタネ様のタスキに負けないくらい、お常は真っ赤な顔で最後の力を振り絞る。膝を曲げて大きく開いた足の間から、ようやく赤ん坊の頭が出てきた。

「よし、うまいよ。お常さん、もうひと踏ん張りだ」

ほどなく血にまみれた全身が現れて、お夕ネ様が笑顔で取り上げる。夜の静寂に響き渡る近所迷惑な産声をお亀久は目の覚める思いで聞いた。

おっかさんが言った通りだわ。お夕ネ様は不幸の影を追い払い、赤ん坊を助けてくれた。

ああ、ありがたいと思ったところで緊張の糸がプツリと切れて、お亀久は気を失った。


次に目を覚ましたとき、お産はすべて終わっていた。

「おやまぁ、ようやく気付いたかい。なかなか目を覚ましてくれないから、こっちは気を揉んだじゃないか」

眉を下げた母の言葉にお亀久は慌てて身を起こす。じきに暁《あかつき》七ツ（午前四時頃）の鐘《かね》が鳴ると言われて、何度も目を瞬《しばたた》く。

「ふん、いきなりひっくり返られて、驚いたのはこっちだよ。脇で眺めていただけなのに、よくも呑気に寝ていられたね」

お産は無事に終わったはずなのに、不機嫌なお稲に睨まれる。お亀久が「すみません」と小さくなれば、後ろから母が割って入った。

「あんたが気を失っている間に、後産も終わった。もう血を見る恐れはないよ」

その言葉に気を取り直し、お亀久はお常の隣に目を向ける。そこには生まれたばかりの赤ん坊が眠っていた。聞けば女の子だそうで、大仕事を終えたお常はいままでになく柔らかな笑みを浮かべていた。

「よかったら、抱いてやっとくれ。お嬢さんのおかげで、手放さずにすんだ子だからね」

「でも……」

生まれてすぐの赤ん坊なんて、お亀久は抱いたことがない。怖くて手を出せずにいたら、母が代わって抱き上げた。

「ああ、思い出すねぇ。あんたも生まれてすぐはこんなふうだった。ほら、右手で尻を抱え、左手で赤ん坊の頭を支えるんだよ」

目を細める母の教えに従い、おっかなびっくり赤ん坊を抱く。この世に誕生したばかりの小さな命は不安になるほど頼りなく、驚くほど熱を帯びていた。

この赤ん坊が十五年後には自分と同じような娘になるなんて。お亀久は信じられない気分で真っ赤な顔をのぞき込んだ。

ああ、何てかわいいんだろう。

お常さんが命がけで、四人も子を産むはずだわ。

小さな顔はしわくちゃながら、ちゃんと目も鼻も口もある。産着《うぶぎ》からはみ出た足で歩きだすのは、ずっと先の話だろう。

いまはどんなものよりか弱くても、底知れない力を秘めている。人は誰しもここから始まるのだと思ったら、胸に熱いものがこみ上げた。

お亀久にとって、赤い血は死を招くものだった。

しかし、この子は母親の血に染まって生まれてきた。

赤は血の色、命の色。自分の身体にもまっ赤な血が流れている。その血がないと生きられないのに、闇雲に恐れてどうするのか。お亀久が赤ん坊を腕に抱いてそんな反省をしていると、お夕ネ様から声がかかった。

「へぇ、初めてにしては赤ん坊を抱くのがうまいじゃないか」

産婆の神様にほめられて、お亀久はすっかりうれしくなる。

思えばこの六年間、他人にほめられた覚えはほとんどない。調子に乗って低い鼻を高くすると、さらに予期せぬことを言われた。

「あんたは案外、産婆に向いているかもしれないよ。試しにうちで産婆見習いをしてみるかい」

まさか、産婆の神様にそんなことを言われるとは。無言で唾を呑み込むと、横から母が口を出す。

「急に何をおっしゃいます。うちの娘を産婆にする気はありません」

「お夕ネ様、その子は血が苦手でひっくり返ったじゃないですか。それに見習いなら、おゆきがいるでしょう」

お稲も慌てて反対するが、寝ている赤ん坊がそばにいるので、どちらも小声しか出せない。おタネ様は二人の文句を聞き流し、お亀久に向かって話を続けた。

「嫌なら無理にとは言わないけどね。一人前の産婆になれば、女ひとりでも一生生きていけるよ」

「えっ」

「それに産婆は女相手の仕事だから、男の出る幕はない」

ニヤリと笑って付け加えられ、目の前が開けた気分になる。こっちの事情をすべて承知で、おタネ様は誘いをかけてくれたのだ。

たとえ両親に反対されても、ここは神様のお告げを信じよう。ことわざも「案ずるより産むが易し」というではないか。

「あ、あたしやりますっ。産婆見習いをやらせてください」

うっかり大きな声を出せば、腕の中の赤ん坊が泣き出した。

その二　神か人か

一

毎朝、明け六ツ（午前六時頃）の鐘《かね》が鳴ると、納豆売りやあさり売り、青物売りや豆腐売りが我先に狭い路地を回り、お馴染みの口上を響かせる。そのにぎやかな売り声は、時の鐘よりはるかによく効く目覚ましだ。

寛政《かんせい》元年師走《しわす》十二日の朝、お亀久は耳慣れてきた納豆売りの声に驚き、慌てて夜着を撥ねのけた。高い塀と蔵に囲まれた坂田屋の母屋と違い、壁の薄いお夕ネ様の家は外の音が筒抜けなのだ。

今日こそ早く起きて、お稲さんの手伝いをするつもりだったのに。またお客さん扱いをされてしまうわ。

それでも、納豆売りが来たばかりなら、六ツ半（午前七時頃）にはなっていまい。お亀久は朝の冷え込みに身震いしながら、粗末な綿入れに手早く着替えた。

お夕ネ様の住まいは裏店《うらだな》ながら、女の二人暮らしには広すぎる二階家だ。おかげで、お亀久のような新参の見習いも入口脇の一間を与えられた。

布団《ふとん》を畳んで急ぎ台所に駆け込めば、お稲は朝餉《あさげ》の支度をしていた。

「お稲さん、おはようございます。寝坊をしてすみません」

「ああ、おはよう。何度も言っているけれど、無理に起きなくていいんだよ。あんたは大事な預かりものだ」

振り返ったお稲は呆れたように、いつもと同じ言葉を口にする。米の炊きあがった甘い匂いを嗅ぎながら、お亀久は「いまから手伝えることはないか」と台所の中を見回した。

「あの、漬物でも切りましょうか」

「やめとくれ。あんたに刃物を持たせて怪我でもされたら大変だ。それより、納豆を買ってきておくれ。この丼《どんぶり》に半分でいいからさ」

すかさず小丼と財布を差し出されて、お亀久は顔をこわばらせた。

おタネ様は「お産に男の出番はない」と言ったけれど、町場の暮らしの明け暮れに男とのかかわりは避けられない。この家に住み込んですぐ、お亀久はそのことに気付かされた。

暮らしの一切合切が奉公人任せだった実家とは違う。覚悟を決めて外に出れば、向かいの六軒長屋の木戸に納豆売りとあさり売り、さらにゆで卵売りもいた。

長屋の住人が寝ぼけ眼《まなこ》で朝餉のおかずを買い求める中、寝巻の上に夜着をかぶった年寄りが納豆を買っている。きっと、自分と同じように「なっと、なっとう」の声を聞き、飛び起きたに違いない。お亀久は小走りに駆け寄って年寄りの後ろに並んだ。

「おや、おタネ様のところの新入りじゃねぇか。今日は何だい」

寒い師走の朝でもやっぱり臭う笊《ざる》を抱えた納豆売りが気安く声をかけてくる。お亀久は内心怯えながら、何とか声を絞り出す。

「あ、あの、叩き納豆を……」

「ねえさん、ついでにあさりはどうだい。うちのは身が大きいよ」

「臭い納豆なんかより、ゆで卵のほうがうまいって。こんなに大きくて、ひとつ二十文だ」

こっちが買いたいものを言おうとすると、他の棒手振《ぼてふ》りたちが邪魔するように横から口を出す。お亀久は逃げ出したくなる気持ちを抑え、首を横に二度振った。

「い、いいえ、あたしは納豆だけで……」

「そんなことを言わねぇでさ。うちのあさりは砂抜きしてあるから、このまま味噌汁に使えるよ」

恐らく、十六の自分よりひとつか二つ年下だろう。まだあどけなさが残るあさり売りがお亀久ににじり寄ってくる。こらえきれずに後ずされば、納豆売りが割って入った。

「おい、この娘は俺の客だ。それで、叩き納豆はどれだけいるんだい」

「この丼に半分ほどお願いします」

ようやく言いたいことが言えて、お亀久はホッと息をつく。そして、代金を払っている間に他の棒手振りはいなくなった。

「はい、毎度どうも。それにしても、おめぇさんはどうにも場違ぇだな。何だっておタネ様のところにいるんだい」

「え、ええっと」

立ち入ったことを尋ねられ、お亀久は困惑してしまう。丼を手にうつむくと、相手も困ったように鬢《びん》を掻く。

「いや、すまねぇ、余計なことを聞いちまった。まぁ、せいぜい頑張んなよ」

「……はい、ありがとうございます」

お亀久が律儀に礼を言うと、納豆売りも路地を出ていく。その後ろ姿を見送って台所へ戻ったところ、「どこまで納豆を買いに行ったのさ」とお稲に嫌みを言われてしまった。

「出来立ての味噌汁が冷めちまうじゃないか。ほら、あたしがお飯《まんま》をよそうから、あんたはおタネ様を起こしておいで。今度はもたもたするんじゃないよ」

ここに来てから、何度「もたもたするな」と言われただろう。これでは幼馴染みの紀次に「きく、じゃなくて、亀だ」と言われても言い返せない。お亀久は情けなさを呑み込んで、おタネ様を起こしに行った。

お常のお産に立ち会った後、お亀久が「産婆《さんば》見習いになりたい」と言うと、母は頭ごなしに反対した。

お産はいつでも命がけだ。安産間違いなしと思われたお常ですら、一時は危うくなりかけた。「人が死ぬところを見て長らく閉じこもっていたくせに、産婆なんてできるはずがない」と、まったく相手にされなかった。

だが、そういう自分を変えるには、産婆になるしかないと思った。

何より、産婆の神様から「産婆見習いにならないか」と言われたのだ。せっかくの誘いを蔑《ないがし》ろにしては罰が当たる。お亀久はそう訴えたが、母は首を縦に振らない。「おまえには無理だ」の一点張りで、兄の壮助にも反対された。

しかし、父だけは「そこまで言うならやってみろ」と許してくれた。

――一度試して駄目だったら、おまえも納得するだろう。ただし、札差《ふださし》坂田屋壮一の娘だと、他人には決して言うんじゃないぞ。

棄捐令《きえんれい》のせいで、商売が傾いた札差は数多い。「坂田屋の娘が産婆見習いになった」と世間が知れば、「坂田屋も危ない」と思われる――そんな父の言いつけに、お亀久は一も二もなくうなずいた。

その後、父娘でお夕ネ様の家を訪ねたところ、その場でお稲に断られた。

――天下の坂田屋さんともあろうお方が、お夕ネ様の冗談を真に受けないでくださいよ。いくら食いっぱぐれがないと言ったって、産婆は朝も夜もない苦労ばかりの仕事です。坂田屋のお嬢さんなら立派な嫁ぎ先があるでしょう。

お多ネ様から誘われたのに、どうしてお稲が断るのか。お亀久は「お多ネ様に会わせてほしい」と食い下がったが、相手は「いま寝ている」とにべもなかった。

——あたしはお多ネ様からこの家の差配を任されてんだ。役に立たないお嬢さんを預かるつもりはないからね。

そのまま追い返されそうになり、父がようやく口を開いた。

——うちの娘を住み込みで置いてもらえれば、毎月米一俵を届けさせる。それなら、「役立たず」とは言えますまい。

その申し出を聞いたとたん、お稲は笑顔で掌《てのひら》を返した。

天明《てんめい》の頃に比べて米の値は下がったものの、米一俵あれば大の男でも三月《みつき》は食うに困らない。お稲がまんまと米俵に食いついてくれたおかげで、お亀久は師走の一日から本八丁堀《ほんはっちょうぼり》二丁目に住み込んだ。

でも、お稲さんは米俵と引き換えにあたしを預かっているだけだもの。一日も早く「預かりもの」から「産婆見習い」にならないと。

肝心のお多ネ様はというと、炬燵《こたつ》で寝てばかりいて、残念ながら頼りにならない。朝餉を食べ終えたお亀久が井戸へ顔を洗いに行くと、寒い中にもかかわらず噂話に花を咲かせる長屋のおかみさんたちでにぎわっていた。

「すみません、水を汲《く》ませてください」

「ああ、いいよ。ちったぁ水汲みも慣れたかい」

からかい混じりの口ぶりにお亀久は顔をこわばらせる。見習いを始めた翌朝は井戸の釣瓶《つるべ》に苦労して、物笑いの種になったのだ。

だって、仕方がないじゃない。坂田屋にいたときは水を汲んだりしなかったもの。顔を洗う水は女中が毎朝運んできたから。

だが、そんなことを口にすれば、自分の素性がばれてしまう。慣れない手つきで重い釣瓶を引き上げると、今朝も見かねたように声がかかった。

「腕だけじゃなく、身体ごと使うんだよ」

「己の重みで引き上げるのさ」

お節介な声に後押しされて、何とか水を汲み上げる。その水で顔を洗い、すぐに立ち去ろうとしたのだが、

「その年になるまで水汲みもろくにしたことがないなんて、筋金入りのお嬢さんだね。どうして産婆見習いになったんだい」

「この不景気で実家が潰れたんだろう」

「それとも、男に捨てられたのかい？」

興味津々《きょうみしんしん》で取り囲まれて、お亀久は逃げられなくなった。

父との約束で本当のことは言えないが、うまい嘘も浮かばない。困っているともうひとりの産

婆見習い、おゆきが足早にやってきた。

「お亀久ちゃん、何をもたもたしてんのさ。朝っぱらからこんなところで油を売っているんじゃないよ」

おゆきは自分よりもひとつ年上で、三年前から通いの見習いをしているという。毎朝五ツ（午前八時頃）にお夕ネ様の家に来てお稲を手伝い、暮れ六ツ（午後六時頃）になると母親と暮らす長屋へ帰っていく。お常のお産のときにいなかったのは、たまたま足を怪我した母親の世話をしていたからだとか。

年の近いおゆきにとやかく言われるのは癪《しゃく》だけれど、今日ばかりは助かった。すかさず「すみません」と謝っておゆきについていこうとすると、おかみさんたちが取りなし顔で引き留める。

「おゆきちゃん、そう剣突《けんつく》しなさんな。せっかくの美人が台無しだよ」

「その器量なら玉の輿だって乗れるのに、産婆になりたいなんて物好きだねぇ」

きっと年がら年中似たようなことを言われているのだろう。おゆきは嫌そうに顔をしかめ、お亀久の腕を引いておタネ様の家に戻る。そして勝手口の戸を閉めるなり、改めてお亀久を叱り飛ばした。

「朝五ツ前後は井戸端が特に混み合うんだ。おかみさんたちがいなくなるまで、どうして待っていないのさ」

「す、すみません」

「あの人たちは根っからおしゃべりで、あんたみたいな新参者は恰好の噂の的になる。近いうちにいなくなるなら、余計なことは言いなさんなよ」

別に念押しされなくたって、余計なことを言う気はない。

だが、「近いうちにいなくなる」とは聞き捨てならない。手前勝手な決めつけにお亀久は口を尖らせた。

「おゆきさんに何と思われようと、あたしは産婆になります。おタネ様が向いているとおっしゃってくだすったんだもの」

「あんたが産婆に向いているなんて、あたしにはとても思えないね。おタネ様も寄る年波で、目が曇ったんじゃないのかい」

間髪を容れず返されて、お亀久は内心ドキリとした。

「あんたが真実、産婆に向いているのなら、お稲さんもあんたを認めているはずじゃないか。米俵と引き換えに預かっているだけだから、あんたが何もできなくとも大目に見てもらえるんだよ」

言い返すことができなくて、お亀久は歯を食いしばる。相手は勝ち誇った顔で胸を反らした。

「どこのお嬢さんだか知らないけれど、産婆は人の命を扱う仕事だ。面白半分で務まる仕事じゃないんだから」

「それくらい言われなくともわかっています」

こっちの覚悟も知らないで、決めつけないでもらいたい。堪忍袋の緒が切れて、お亀久は目を怒らせた。

続けて我が身に起こったこと——十歳でかどわかしに遭い、かばってくれた恩人が目の前で殺されたことや、その後の六年間は外に出られず、幼馴染みの許婚《いいなずけ》は行方知れずになったことを打ち明けた。

「うち続く不幸に絶望して、あたしは一度死のうとしました。でも、赤ん坊を取り上げるお夕ネ様を見て、考え直したの。無駄に命を捨てるより、新たな命を生み出す手助けをしたほうがよっぽどいいって。面白半分なんかじゃないわっ」

勢い余ってぶちまければ、おゆきがたじろぐ。お亀久はここぞと反撃に出た。

「おゆきさんこそ、どうして産婆になりたいの。さっきのおかみさんじゃないけれど、せっかくの器量がもったいないわよ」

おゆきは流行《はやり》の美人絵から抜け出たような、本寸法《ほんすんぽう》の美人である。芸者にでもなっていれば、さぞかし売れっ妓《こ》だったろう。

しかし、おゆきは見た目をほめられたくなかったらしい。さも嫌そうに眉を寄せた。

「余計なお世話よ。あたしは好きでこんな見た目をしているわけじゃ」

「あたしだって好きで金持ちの娘に生まれたわけじゃありません」

相手の言葉をみなまで言わせず、お亀久はじろりと睨みつける。おゆきはハッとしたように目を瞠《みは》り、ややして「悪かったよ」と眉を下げた。

「お金持ちのお嬢さんが産婆になりたがるなんて……てっきり、気まぐれだと思ったのさ」

何もできない自分を見れば、そう思われても仕方がない。お亀久がそう告げる前に、おゆきは食えない笑みを浮かべて「でも」と続けた。

「どうしても産婆になりたいのなら、あたしにこき使われても文句はないね。あんたは産婆見習いの妹分になるんだから」

どうやら、自分が本気だとおゆきには伝わったようである。お亀久は胸を弾ませて、「望むところです」とうなずいた。

二

商家の年末年始は忙しい。

商いはもちろんのこと、煤掃きに歳暮のやり取り、年が明ければ年始の挨拶回りに藪入《やぶい》り、恵比寿講と行事が多い。札差の坂田屋も毎年一月二十日の恵比寿講が過ぎるまで、落ち着かなかったものである。

お亀久はそんな周りの騒ぎをよそに、ひとり晴れ着を着せられて庭の松をぼんやり眺めていたものだ。

だが、お夕ネ様の家ではそうもいかない。姉さん被りで煤竹を握り、生まれて初めて台所の煤掃きを手伝った。男手がないので餅つきはしないけれど、おゆきに連れられて大勢の人でごった返す年の市にも足を運んだ。

――産婆は男女を問わず赤ん坊を取り上げる。見知らぬ男が怖いなんて甘ったれたことを言うんじゃないよ。

どんな大男も最初は赤ん坊だとお稲に叱られ、お亀久は両目を洗われた気になった。おかげで丸腰の男が相手なら、身体が震えなくなったのである。

そして、少しずつできることを増やしていたが、三月五日は坂田屋に戻った。「顔を出さなければ、来月の米俵は届けない」と、母に言われたからである。

「おっかさん、いきなり顔を出せと言われても困るわよ。あたしにだって都合というものがあるんだから」

八丁堀に住んで三月が過ぎ、ようやく明け六ツの鐘が鳴る前に起きて働くようになっていた。水仕事はもちろん、針仕事も進んで引き受けた結果、いまではお稲にも産婆見習いとして認められている。貧乏人は針の使えない人が多いので、産着《うぶぎ》やおむつを縫《ぬ》う手伝いは歓迎されるのだ。

たくさんの習い事の中に裁縫《ぬいもの》があってよかったわ。おっかさんは始める前から「無理だ」と決めつけていたけれど、あたしだってやればできるんだから。あんまり見くびらないでちょうだい。

自分の頑張りを認めてほしくて、お亀久は母に話し続けた。

「産婆は赤ん坊を取り上げるだけが仕事じゃないの。生まれる前はもちろん、生まれてからもしばらくは母親と赤ん坊から目を離せないのよ。いまは臨月の人が三人もいて、そのうちのひとりは逆子《さかご》でね。三人まとめて産気づいたらどうしようと、お夕ネ様も案じていなさるわ」

生まれる間際の赤ん坊は、母親の腹の中で頭を下にして丸くなる。そうならない子は「逆子」と呼ばれ、難産になることが多いそうだ。

「何とか逆子を直そうとお夕ネ様も手を尽くしたけれど、どうしても姿勢が変わらなくて……鍼《はり》や灸をしても駄目だったの」

お亀久はまだお産の手伝いどころか、客の家に行ったこともない。それでもお稲やおゆきから話を聞き、耳から知識を増やしていた。

「腹の子が足から産道を下りてくると、頭がつかえてしまうんですって。そのせいで母子共に亡くなることが多いのよ」

半端に聞きかじったことを得意になって伝えれば、母は黙って聞いている。お亀久はますます調子に乗った。

「今月は手が足りなくて、あたしもお産を手伝えそうなの。いまからそのときが楽しみだわ」

たぶんお湯を沸かすくらいしかできないが、産婆見習いとして働ける。期待に鼻の穴をふくらませると、母は顔色を悪くした。

「逆子は無事に生まれるかわからないのに。よりによって、おまえがそんなお産を手伝うのかい」

「おっかさん、お夕ネ様を見くびらないで。どんな難産でも無事に赤ん坊を取り上げる。それが産婆の神様でしょう」

母だっておタネ様の腕を頼り、自分が子を産むときは蔵前まで出向いてもらっている。取り越し苦労だと笑ったら、母はしみじみ嘆息した。

「あたしだっておタネ様の腕は知っています。それでも、どうにもならないことだってあるでしょう」

「でも、おタネ様は」

「産婆の神様だって人間だもの。どんな名医も時には匙《さじ》を投げるように、産婆の力が及ばないこともありますよ」

恐らく、母の言葉は正しい。

それでも、お亀久はおタネ様が赤ん坊を死なせる姿を想像できなかった。お常のお産はもちろん、その後もお稲の手に負えないお産はあったが、おタネ様はそのたびに無事赤ん坊を取り上げてきた。

おタネ様さえついていれば、お産はきっとうまくいく――娘の訴えを聞いた母は眉をひそめて額を押さえた。

「おまえがここまでおタネ様にかぶれるとはねぇ。大体、その姿は何ですか。札差坂田屋の娘がそんな安物の古着を着て、手だってあかぎれだらけじゃないの。世間に知られたら、いい笑い者ですよ」

「心配しなくとも、誰もあたしの正体に気付いていないわ」

裏長屋の住人はお亀久を「家が潰れた元お嬢さん」と思っている。おゆきは米俵のことは知っているが、坂田屋の娘とは知らないはずだ。

そういえば、相模屋のお八重ちゃんはいまごろどうしているかしら。おとっつぁんから「相模屋は店を畳んだ」と聞いたけど。

母にお八重のことを尋ねたら、何か教えてくれるだろうか。お亀久が逡巡している間に、母は湯呑の茶を飲んだ。

「あんたも意地っ張りだねぇ。しなくてもいい苦労をまだ続けるつもりなの」

苦々しげな表情に、お亀久は逆に楽しくなった。

「あたしは産婆になると決めたんだもの。おとっつぁんだって許してくれたわ」

「そりゃ、あんたがすぐに音《ね》を上げると思ったからさ。本気で許したわけじゃない」

それでも約束は約束だと突っぱねたが、母はしつこく「考え直せ」と訴える。お亀久はうんざりしてしまった。

「おっかさん、そういう話しかしないなら、あたしはいますぐ八丁堀に戻るわよ」

「あんたもせっかちになったねぇ。肝心の話はこれからだよ」

たまらず腰を浮かせると、母が焦ったように話を変える。お亀久はその肝心の話を聞いて心の底から驚いた。

「紀次さんがあたしを嫁に欲しいですって？　おっかさん、笑えない冗談はやめてちょうだい」

「冗談なんかでわざわざ呼んだりするもんか。これはおとっつぁんも承知だよ」

真面目な顔で言われても、にわかに信じられなかった。

許婚の紀一郎が紀州で行方知れずになってから、あと二月《ふたつき》で一年になる。万紀はついに捜索を止め、長男の墓を立てることにしたそうだ。

「そうしたら、紀次さんがあんたを嫁に欲しいと言い出してね。佐紀蔵さん夫婦も頭を抱えているそうだ」

「頭を抱えたいのはこっちのほうよ。そんなの無理に決まっているわ」

家業を続けるため、急逝した主人の妻を弟が娶《めと》ることはある。

だが、お亀久は紀一郎の妻ではないし、紀一郎は婿に来ることになっていた。万紀の跡取りである紀次と一緒になれるわけがない。

「それに紀次さんはあたしを嫌っていたじゃないの。おっかさんだって知っているでしょう。顔を合わせるたびに、『おめぇは亀だ』といじめられていたことを」

その都度言い返していたものの、傷つかなかったわけではない。紀一郎と親しくなったのだって、いじめっ子の弟からかばってくれたことがきっかけだ。

一体何を企んで、そんな突拍子もないことを言い出したのか。不審もあらわに考え込めば、なぜか母が笑い出す。

「紀次さんが会うたびにおまえをいじめたのは、おまえに気があるからさ。男の子はそういう天邪鬼《あまのじゃく》なところがあるんだよ」

いまさらそんなことを言われても、信じられるはずがない。お亀久は首を左右に振った。

「だとしても、あたしは御免だわ」

「おまえはそう言うけれど、紀次さんは命の恩人じゃないか。あまり無下にもできないだろう」

お亀久の身投げを止めてから、紀次はしばしば坂田屋に来るようになった。ただし、お亀久が八丁堀に住み込んでからは、「親戚のところで静養している」とごまかしてきたらしい。

「あたしだって、おまえに材木問屋の内儀が務まるなんて思っちゃいません。でも、おまえの口から断らないと、あきらめられないと言うんだもの」

「そんなことを言われても……」

「だから明日の昼過ぎ、紀次さんが訪ねてくる。どうしても嫁に行きたくないのなら、自分の口で断りなさい」

澄ました顔の母を見て、お亀久はしてやられた気分になった。

翌三月六日は、霞《かすみ》がかった春らしい青空だった。

見通しはあまりよくないけれど、吹く風は肌に柔らかい。お亀久は朝餉を食べ終えるなり、若菜色の振袖を着せられた。

「おっかさん、どうしても紀次さんと会わないといけないの」

三月余りの裏店暮らしで、肌や髪はすっかり傷んでいる。女髪結いはお亀久の髪をまとめるのにさんざん苦労していたし、両手はあかぎれだらけなのだ。目ざとい紀次に見られたら、いろいろばれてしまうだろう。

しかし、母は「往生際が悪いよ」と娘を叱った。

「昨日も言ったじゃないか。紀次さんが嫌なら、自分の口で断れって」

「でも……」

「万紀のほうもおまえを跡取りの嫁にしたいわけじゃない。紀次さんさえ聞き分ければ、すぐに終わる話だよ」

母は冷たく言いつつも、娘を着飾らせるのが楽しそうである。お亀久がため息をつきたくなったとき、襖《ふすま》越しに声がした。

「御新造様、万紀の紀次さんがお見えです」

「おや、もうおいでになったのかい。すぐにお亀久を連れていくから、奥の座敷にお通しして」

母は女中に命じると、意味ありげに微笑《ほほえ》んだ。

「向こうは早くおまえに会いたくて、待ちきれなかったみたいだね。こんなに思われて女冥利に尽きるじゃないか」

　面白がっている母を睨み、お亀久は苛立ちと共に腹をくくった。こうなったら厄介事を片付けて、一刻も早く八丁堀に戻るとしよう。

　それはさておき、久しぶりに着た振袖が重たい上に窮屈だ。このところずっと小袖に半幅帯だったので、動きにくくて仕方がない。お亀久は長い袖を踏まないように、そろりそろりと廊下を進んだ。

「失礼します」

　一声かけて襖を開けると、紀次が床の間を背にして座っている。お亀久はその姿を見て息を呑んだ。

　子供の頃の紀次はいつも着物の裾をからげ、元気に走り回っていた。身投げを止められたときだって、町人らしい着流しだった。

　今日は威儀を正した羽織の下に、高価な上田紬《うえだつむぎ》を着ている。その改まった姿が消えた許婚と重なって、我知らず胸を締め付けられる。

　本当ならいまごろは、紀一郎と祝言を挙げていたはずなのに。立ちすくむお亀久に代わり、母が先に座敷に入った。

「あらまぁ、紀次さんも見違えたこと。お亀久、早くお入りなさい」

　母の気取った声で我に返り、お亀久はようやく動き出す。女中がお茶を運んでくると、母はそそくさと立ち上がる。

「それじゃ、後は二人でよく話しなさい。あたしは邪魔をしませんから」

「おっかさん、ちょっと待って」

お亀久はとっさに呼び止めたが、母は出ていってしまう。気まずい思いでうつむけば、紀次が咳払いした。

「その、何だ。久しぶりだな」

年が明けてから会うのは今日が初めてでも、去年柳橋《やなぎばし》で再会するまでは六年も会っていなかった。何とも間の抜けた挨拶に、お亀久の肩から力が抜ける。どれほど見た目が似ていても、兄と弟は別人だ。

「あたしは紀一郎さん以外の人と一緒になるつもりはないの。どういうつもりか知らないけれど、縁談はお断りします」

相手の話も聞かずに断れば、怒って帰ると思っていた。

しかし、紀次はなぜかニヤリと笑い、「外に出ねぇか」とお亀久を誘う。

「墨堤《ぼくてい》の桜がちょうど見頃だぜ。おめぇは何年も閉じこもっていやがったから、花見は久しぶりだろう」

思いがけない申し出に戸惑いつつ、お亀久はあえて誘いに乗った。坂田屋から離れたほうが、こちらとしても気が楽である。

浅草天王町《あさくさてんのうちょう》の坂田屋を出て御蔵前《おくらまえ》通りを北に進み、吾妻橋《あづまばし》の袂《たもと》に出る。そこから大川の上流へと続く左右の土手は多くの桜が連なっていて、「墨堤の桜」と呼ばれる江戸でも指折りの名所である。誰もがうっとりと美しい景色に見とれる中、お亀久も久しぶりに見る花の雲に目を奪われた。

霞がかった弥生《やよい》の空に薄紅色の桜が映える。この眺めが後数日の命とわかっているから、なおさら目を離せない。夢中で桜を見上げていると、不意に紀次の声がした。

「気が付いたのは去年だが、俺は昔からおめぇが好きだった」

突然の告白に頭の中が真っ白になる。

お亀久は無言で振り返った。

「女だてらに俺と張り合うおめぇに一目置いていたのによ。いきなり家から出てこなくなりやがって」

見舞った紀一郎に様子を聞けば、お亀久は「人が変わった」と言う。

誰よりも生き生きしていたお転婆が抜け殻になった姿なんて見たくない。そう思っているうちに六年が経ち、なぜか紀一郎との縁談がまとまった。

「その話を聞いたとき、ふざけるなと思った。どうして長男の兄貴が婿入りして、俺が万紀を継ぐことになる」

次男の自分が婿入りすべきだと憤《いきどお》り、ようやくお亀久に寄せる思いに気付いたそうだ。

「それでも、亀が望むなら――と一度は潔くあきらめた。だが、兄貴は紀州で山崩れに遭い、亡くなった。だったら、俺がもらったっていいじゃねぇか」

周りはみな桜に見とれて、こっちを気にしている者などいないようだ。

しかし、いきなりそんなことを言われても、頭も心も追いつかない。お亀久はうろたえて後ずさった。

「あ、あたしは材木問屋の御新造さんなんて務まらないわ。紀次さんも知っているでしょう」

「以前はともかく、いまはもう平気だろ。こうして人だかりにも出かけられるようになったんだから」

したり顔で返されて、お亀久は内心舌打ちする。自分を花見に連れ出したのは、外出ができるか確かめるためだったのか。

「去年の暮れから親戚のところで静養していたんじゃなく、本当は八丁堀で産婆見習いをしているんだろう。赤ん坊を取り上げるほど肚が据わっているのなら、材木問屋の御新造くらい屁でもねぇって」

どうして紀次がそのことを知っている。教えたのは、まさか両親か。それとも、坂田屋の女中が告げ口したのか。お亀久は動揺を押し隠し、両足を踏ん張って正直に告げた。

「あたしは死のうとしたからこそ、命を助ける産婆になりたいの。紀次さん、勘弁してちょうだい」

ここまではっきり断れば、いくら何でもあきらめるだろう。勢いよく下げた頭をそろそろと戻したら、楽しそうに笑っている紀次と目が合った。

「今日、おめぇに断られるのは承知の上だ。これから気長に口説《くど》くから覚悟しとけ」

その自信に満ちた表情にお亀久の胸は音を立てた。

三

八丁堀に戻った後も、お亀久の頭は紀次のことで一杯だった。

紀一郎によく似た羽織姿が目に焼き付いて離れない。

気長に口説くって、どういう意味よ。ここに押しかけてこられたら、あたしの素性がばれてしまうわ。

不安と恐れとほんの少しの誇らしさが複雑に混ざり合い、お亀久はすっかり気もそぞろだ。そのせいでしくじりが続き、今朝はお稲に釜の底にこびりついたこげをきれいに落とすよう命じられた。

しかし、長年のこげは力任せにこすっても、ちっとも落ちない。うんざりして手を止めたとき、井戸端に居合わせたおかみさんたちから声がかかった。

「おや、色っぽいため息なんてついちゃって」

「一昨日《おととい》、昨日と見なかったけど、さては男と逢引きかい」

「お亀久ちゃんも年頃だねぇ」

やんやとはやし立てられて、お亀久は頭が痛くなる。この三月で親しくなった分、互いに遠慮がなくなった。

だが、ここで下手に言い返すと、藪から蛇が出てしまう。どうしたものかと思ったところで、今日もおゆきが駆け寄ってきた。

「お亀久ちゃん、洗い物は後にして。坂本町《さかもとちょう》のお梅《うめ》さんが産気づいたと知らせが来たから」

お梅の腹の子は順調で、十中八九安産だろうと言われている。難産の恐れがないときは、まずお稲とおゆきが駆けつけるのだ。お亀久が急いで家に戻ると、お稲は風呂敷包みを手に立っていた。

「それじゃ、あたしとおゆきは出かけるよ。もし、あたしたちが戻る前に別のお産に呼ばれたら、あんたがおタネ様を連れてっとくれ。あたしはお梅さんのお産が終わり次第、駆けつけるから」

お稲は早口で言いつけて、おゆきを連れて背を向ける。お亀久は二人が見えなくなるまでその場から動けなかった。

自分が見習いになって以来、お産が重なったことはない。いまもしお産で呼ばれたら、自分とおタネ様だけで赤ん坊を取り上げるのか。

お梅さんのお産が終わり次第駆けつけると言われたけれど、あたしはそれまでどうすればいいの。七十二のおタネ様が長丁場のお産に最初から付き合うことができるのかしら。

不安が胸を締め付けるが、きっと大丈夫と思い直す。

おタネ様は産婆の神様だ。火事場の馬鹿力できっと乗り切ってくれると思った刹那、目の前の戸が叩かれた。

まさか、さっきのいまで誰かが産気づいたのか。お亀久が青くなって戸を開けると、身なりのいい四十半ばの女が立っていた。

「あの、どちら様でしょう」

「私は大伝馬町《おおでんまちょう》の油問屋日野屋《ひのや》の内儀で、磯《いそ》と申します。本日はおタネ様に話があってまいりました」

油問屋の日野屋と言えば、世間知らずの自分でもその名を知る大店《おおだな》だ。「どうぞお上がりください」と促しながら、お亀久は引っかかるものを感じていた。隣近所ならいざ知らず、大伝馬町の御新造がどうしてひとりで来たのだろう。

それでも何食わぬ顔で茶の間に通し、二階で居眠りしているおタネ様を揺り起こした。

「おタネ様、起きてください」

「何だい、お粂《くめ》さんが産気づいたのかい」

亀島町《かめじまちょう》の大工の女房、お粂の腹には逆子がいる。いま産気づかれたら大変だと顔をしかめ、お亀久は首を左右に振った。

「いいえ、産気づいたのはお梅さんで、お稲さんたちが出かけました。それより、お夕ネ様にお客様です」

「へぇ、誰だい」

「大伝馬町の油問屋、日野屋の御新造様です。供も連れずにおひとりで、お夕ネ様に話があるとか」

自分が見聞きしたことをそのまま伝えれば、お夕ネ様の眉間にしわが寄る。その表情の険しさにお亀久は内心うろたえた。

「あの、断るべきでしたか」

「いや、いいよ。ところで、今日は皐月《さつき》の七日かい」

まだ綿入れを着ているくせに、一体何を言い出すのか。

戸惑いもあらわに「弥生の七日です」と答えれば、お夕ネ様は頭を振って「やっぱり、そうかい」と立ち上がった。

寝起きのお夕ネ様がぼんやりしているのはいつものことだ。日付を間違えるのもめずらしくないけれど、今日は何だか様子がおかしい。お亀久は胸騒ぎを感じながら、お夕ネ様を案内した。

「お夕ネ様、お久しぶりでございます。お変わりありませんか」

「はい、おかげさまでまだ生きていますよ。ところで、何かあったんですか。あの子の命日はまだ先でしょう」

お亀久は「あの子の命日」が気になったものの、足音を忍ばせて茶の間を出る。それから小半刻もしないうちに襖が開き、お磯が姿を現した。

「御新造様、もうお帰りですか」

「はい、お稲さんはお産でお出かけとか。取り込み中にお邪魔をしました」

客を見送って茶の間に戻れば、おタネ様がうなだれている。春のうららかな日差しが差し込む部屋で、前かがみの肩が震えていた。

何があっても動じない産婆の神様に何があったというのだろう。お亀久は声をかけられず、出ていったお磯を追いかけた。

「日野屋の御新造様、待ってください。おタネ様に何を言ったんですか」

往来で大声を出したとたん、お磯が足を止めて振り返る。

「おや、さっきの。おタネ様がどうかしましたか」

「あたしがそれを尋ねているんです。あの子の命日って何なんです。どうして、おタネ様が元気をなくしたんですか」

強い調子で問い詰めれば、お磯が困ったように周囲を見る。そして、近くの茶店にお亀久を誘った。

「おタネ様が急に元気をなくしたと言われても……昔はともかく、今日はひどいことなんて言っていませんよ」

「そんなはずありません。御新造様が来るまではいつも通りだったんです。いえ、逆子のお産を間近に控え、いつも以上にお元気でした」

普段は何かと危なっかしいおタネ様だが、ことお産に関することだけは目を瞠るほどしっかりしている。いまはいざという時に備えているのだから、心を乱さないでもらいたい。早口にこちらの都合をまくし立てると、相手は目を見開いた。

「本当に……間の悪いときに来たようね」

お磯は切なげにため息をつき、己の思い出を語り出す。自分もかつて逆子を身籠り、死産になってしまったと。

「嫁いで三年目にようやく身籠り、最初は神田岩本町《かんだいわもとちょう》のお松《まつ》さんにお産の手伝いを頼みました。でも、腹の子が逆子とわかり、お松さんが『おタネ様の手も借りたい』と言い出したんです。私は初産《ういざん》でしたから、まさしく神に縋《すが》るような思いでおタネ様にもお願いしました」

腕のいい産婆を二人も頼み、万全を期したにもかかわらず、我が子は産声《うぶごえ》を上げられなかった。お磯はやり場のない怒りや悲しみをおタネ様にぶつけたそうだ。

「産婆の神様が聞いて呆れる。どうして助けてくれなかったと、涙ながらに責め立てて……おタネ様は怒りもせずに相手をしてくれました」

しかし、「あの子ひとりを死なせるくらいなら、私も一緒に逝きたかった」と言ったとたん、おタネ様に叱られたという。

「おまえさんが死んだら、産声を上げられなかった子のことを覚えている人がいなくなる。それにこれから授かるはずの命まで刈り取るつもりかと怒鳴られて、かろうじて生きる気力を取り戻したんですよ」

おタネ様の言葉通り、お磯は翌年男の子を産み、その二年後に女の子を産んだ。そして二人の子を育てる傍ら、最初の子の命日である五月七日におタネ様を訪ねるようになった。

「下の二人について話す合間に、最初の子が生きていたらどうなっていたかと……。大きくなった息子が言うことを聞かなくなると、『死んだあの子なら、ちゃんと聞き分けてくれたはず』なんて虫のいいことを思ったり。でも、先月の初めに跡取りの嫁が男の子を産み、もういいかと思いましてね」

孫が生まれ、自分は母から祖母になった。

おタネ様には長きにわたり、死んだ子の思い出語りに付き合ってもらった。そろそろ解放するべきだと思ったそうだ。

「だから、もうお邪魔はしないと伝えたんです。それなのに、まさか逆子のお産を控えているなんてねぇ。これも因縁というものかしら」

穏やかなお磯とは反対に、お亀久は目の前が暗くなった。産婆の神様でも、逆子の赤ん坊を死なせたことがあったのか。

おタネ様ならどんな場合も安産になると思ったのに……さっきは昔のことを思い出して、うなだれていたんだわ。

落ち着いて考えれば、それは当たり前のことである。いくら「産婆の神様」と呼ばれていても、おタネ様は人間だ。母も逆子のお産をひどく案じていたではないか。

いま、お粂が産気づいたらどうしよう。

いや、お稲がそばにいたところで、うまくいくかわからない。お亀久はにわかに浮き足立ち、こっちを見ているお磯と目が合った。

「あなたはいつから産婆見習いを始めたの」

「去年の師走からです」

正直に答えれば、相手は憐れむように頭《かぶり》を振る。

「さては突然実家が潰れて、産婆になるしかなかったのね」

「いえ、それは」

「あなたの身ごなしを見れば、わかりますよ。元は大店のお嬢さんでしょう」

棄捐令が公布されてから、潰れた商家は数多い。勘違いしたお磯は「かわいそうに」と眉を下げた。

「産婆になれば、一生食うには困らない。そう思ったのかもしれないけれど、人に感謝される仕事は人から恨まれる仕事でもあるんです。子を失った母の悲しみ、女房子を失った亭主の恨みを背負う覚悟が必要なのよ」

その覚悟はあるかと尋ねられ、お亀久は答えることができなかった。産婆は感謝されこそすれ、恨まれるかもしれないなんて夢にも思っていなかった。

「恨まれる覚悟がないのなら、産婆になるのはおやめなさい。子を失った母の恨みは根の深いものですよ」

お磯の口調は最後まで穏やかだったけれど、その目はひどく冷ややかだった。

四

お稲とおゆきは七日の夜五ツ（午後八時頃）過ぎに帰ってきた。

お梅は思った通り安産で、玉のような男の子が生まれたという。おタネ様はすでに床に就き、お亀久は二人に握り飯と味噌汁を差し出した。

「お疲れさまでした。二人が戻る前にお粂さんのお産が始まったらどうしようと、あたしは生きた心地がしませんでしたよ」

何しろ、お磯の打ち明け話を聞かされたばかりである。そんな事情を知らないお稲は握り飯を片手にうなずいた。

「ああ、あたしもホッとしたよ。お梅さんは初産だから長引くかと思ったけど、暮れ六ツには生まれたから」

「お腹が人より大きくて、もっと苦労するかと思ったのにね。願い通りの男の子だって、ご亭主が大喜びしてさ」

おゆきも笑顔で話していたが、食べ終えるとすぐに帰ってしまう。お稲もさっさと横になり、お亀久は片づけをしてから入口脇の部屋で床に就いた。

昨日は紀次と墨堤の桜を見に行って、好きだと言われた。

今日はおタネ様でも救えなかった命があったことを知り、産婆が恨まれることも知った。おかげでいろいろ考えてしまい、今晩も眠気が訪れない。お亀久はつぶっていた目を見開くと、暗い天井を睨みつけた。

――人に感謝される仕事は人から恨まれる仕事でもあるんです。子を失った母の悲しみ、女房子を失った亭主の恨みを背負う覚悟が必要なのよ。

ふとお磯の言葉がよみがえり、やりきれない気分になってしまう。人に感謝されたくて、産婆になろうとしたわけではない。だが、新たな命を救おうと悪戦苦闘した挙句、人から恨まれるなんてあんまりだ。

そういえば、金創医《きんそうい》の土屋《つちや》先生も言っていたっけ。「医者は人から恨まれる割の合わない商売だ」って。

札差は旗本御家人相手の商売のため、奉公人が刀傷を負うことも少なくない。土屋伯陽《はくよう》は腕がいいと評判の金創医で、お亀久は子供のころからの顔見知りである。かどわかしに遭った後も、斬られた魚屋を助けてくれとなりふり構わず泣きついた。

だが、どんな名医も息絶えた人間は救えない。当時もそれくらいわかっていたが、どうしても言わずにいられなかった。

日野屋の御新造さんも似たようなものかもしれないわ。自分のせいで我が子が死んだと思いたくなくて、おタネ様に八つ当たりを続けたのね。

その気持ちはわかるものの、赤ん坊が死ぬたびに恨みをぶつけられていたら、産婆はたまったものではない。普通は子を亡くしても、「運が悪かった」「寿命だった」とあきらめるだろう。

それでも、恨まれてしまったら――お亀久は逆恨みの恐ろしさを身に沁みて知っていた。

筋違いな恨みを持つ人は何をしでかすかわからない。あたしをかどわかした浪人だって、おとっつぁんを恨む旗本にそそのかされたって噂だもの。

札差坂田屋壮一を苦しめるため、幼い娘が狙われた。魚屋の加吉が身体を張って浪人を足止めしなければ、身代金を払ってもお亀久は殺されていただろう。

自分も産婆になった暁《あかつき》には、理不尽な恨みを買うのだろうか。

いや、見習いのうちから恨まれたっておかしくない。

いっそ誰かの妻になれば、そんな恨みを買わずにすむのか――お亀久はふと紀次のことを思い出し、慌てて首を横に振る。自分が安易に頼ったせいで、加吉も紀一郎も亡くなったのだ。お亀久は何だか泣きたくなり、夜着を頭の上まで引っ張り上げた。

お粂が産気づいたのは、二日後の九日の朝だった。

まずお稲とおゆきがお産に使う道具を抱えて駆けていく。お亀久はおタネ様を駕籠《かご》に乗せ、その後を追いかけた。

「お稲、今日のお産はあたしが仕切るよ。あんたはあたしを助《す》けておくれ」

おタネ様の駕籠がお粂の長屋に着いたとき、すでに梁《はり》から力綱がつるされてお産の支度はできていた。お稲はさっそく赤いタスキをかけ始めたおタネ様に目を瞠る。

「先は長いですよ。大丈夫ですか」

陣痛が始まってから、子宮口が全開になるまで時がかかる。心配そうに尋ねる弟子におタネ様はうなずいた。

「ああ、そのつもりで備えてきたからね。あんたもあたしのやることをよく見ておくといい」

おタネ様はそう言って、痛みに顔をしかめながらも不安そうなお粂に声をかけた。

「お粂さん、ちょいと具合を見させとくれ」

「は、はい、おタネ様。あの、腹の子はちゃんと生まれますよね。おタネ様は産婆の神様だもの」

縋りつきそうな目で見つめられ、おタネ様は「もちろんだよ」と微笑んだ。

「あたしが付いているんだから、何の心配もいらないよ。あんたはこれから二人目の子を抱くことだけ考えればいい」

自信たっぷりに励まされ、お粂の顔つきが明るくなる。お亀久はそんな二人のやり取りを不安な思いで見つめていた。

そんな安請け合いをして、本当に大丈夫なのかしら。日野屋の御新造さんのときは、死産になってしまったのに。

産婆は経験がものを言うとはいえ、お夕ネ様は年を取り過ぎている。不安しかないお亀久とは裏腹に、支度を終えたお夕ネ様はお粂の股座《またぐら》に手を伸ばす。

「まだ子宮口が開いていないね。長丁場になりそうだから、気負わずボチボチやるとしよう。お粂さんも焦りなさんなよ」

「は、はい」

二度目のお産でも、逆子で不安なのだろう。おどおどとうなずくお粂の背をさすり、お夕ネ様はお湯の入ったたらいを持ってこさせた。

まだ生まれてもいないのに、産湯《うぶゆ》の支度をしてどうするのか。お亀久が怪訝に思っていると、お夕ネ様が手ぬぐいを浸して固く絞る。

「ひとまず腹を温めよう。どうだい、気持ちがいいだろう」

温めた手ぬぐいを大きな腹の上に置かれ、お粂はひとり戸惑っている。とはいえ、気持ちはいいようで、こわばった顔が緩んできた。

「お粂さんの気分がいいと、腹の子も気持ちがよくなるからね。こりゃいい具合だと出てくる気になるはずさ」

朗らかに話しかけられて、お粂がゆったり顎を引く。お稲は手ぬぐいが冷える前に温かいのと換え続けた。そのうちに子宮口とは違うところがうっかり開いてしまったらしい。便が漏れたことを知り、さすがにお粂がうろたえた。

「ご、ごめんなさい」

「気にしなさんな。それだけ身体が緩んだって証だよ。おゆき、きれいに拭き取っておやり。お亀久は敷物を換えるんだよ」

おタネ様の指示を受け、二人がかりで片づける。すっかりきれいになったところで、おタネ様がまた話しかけた。

「逆子と言っても、みながみな足から生まれるわけじゃない。おまえさんの腹を触った感じじゃ、恐らく尻から生まれるはずだ」

尻から産道を下りてくれれば、それほど問題はないという。お粂が二度目の出産なのも好都合だと、おタネ様は言った。

「大事なことは、赤ん坊の尻が出たら一気に頭までひり出すことさ。すぐに頭も出てくれないと、赤ん坊の命にかかわるからね」

「……はい」

お夕ネ様に念を押されて、お粂は目の色を強くした。

それから二刻（約四時間）ほどで陣痛の波が大きくなり、お稲が横から急《せ》き立てる。そこにお夕ネ様が待ったをかけた。

「いまから全力を出したら持たないよ。お粂さん、もっと力を抜いて。ゆるゆるとひり出すつもりでね」

ややして子宮口が全開になり、お粂の足の間から赤ん坊の身体の一部が見えた。いつものようにさらしで会陰《えいん》を押さえていたお夕ネ様がうれしそうに目を細める。

「よし、うまい具合に尻から出てきた。お粂さん、次の波で一気に行くよ」

お粂は何度もうなずくが、もう力が入らないらしい。力綱を摑む手がほどけそうになるのを見て、お亀久はその上から強く握りしめた。

「お粂さん、もうひと踏ん張りよ」

すでに赤ん坊の尻はお粂の身体の外にある。早く頭を出してやらないと、赤ん坊が死んでしまう。お亀久は日野屋のお磯を思い出し、お粂の手を上から握る手によりいっそう力を込めた。

「ここで頑張らないと、腹の子に会えないわよ」

「そうだよ。気を強く持って」

お稲にも発破《はっぱ》をかけられて、お粂は奥歯を食いしばる。

だが、もう少しのところで赤ん坊の頭がつかえてしまう。お夕ネ様は顔色を悪くして立ち上がった。

「仕方がない。会陰を切って赤ん坊を引き出そう。おゆきは檜物町《ひものちょう》の金創医、土屋伯陽先生を知っているかい」

「いいえ、あたしは金創医なんて知りません」

「お亀久はどうだい」

「は、はい、知ってます」

「ここはいいから、急いで連れてきとくれ。後で会陰を縫ってもらうから」

こちらを見ずに命じられ、お亀久は目を瞬《しばた》く。会陰を切るとか縫うとか、一体何のことだろう。動くに動けずにいたら、今度はお稲に怒鳴られた。

「詳しいことは後でいい。急いで土屋先生を連れてきな」

「は、はいっ」

幸い亀島町から日本橋南の檜物町は近い。慌てて出ていこうとしたら、意外にもお粂に引き留められた。

「ま、待って、ください。うちは金創医に払う金なんて……」

刃物傷を扱う金創医は本道医《ほんどうい》よりも高くつく。足を止めて振り返れば、「何を言ってんだい」とおタネ様が怒鳴った。

「切った会陰をそのままにしておけば、そこから腐るかもしれないよ。金のことなら、命が助かってから考えればいいだろう」

その剣幕に背中を押され、お亀久は長屋を飛び出した。直後にお粂の悲鳴が聞こえたが、今度は足を止めなかった。

でも、会陰を切ったりして大丈夫なのかしら。おタネ様はいつも会陰が切れないように、さらしで押さえているんじゃなかったの。

わからないことだらけだが、命じられた通りにするしかない。赤ん坊の無事を祈りながら一目散に走り抜けた。

「土屋先生、いますぐ八丁堀まで来てください。産婆のおタネ様が呼んでいます」

目指す医者の家に着くなり、お亀久は声を張り上げる。すると、二十歳《はたち》前後のひょろりとした弟子が現れて、迷惑そうな顔をした。

「先生はお忙しい。どんな怪我だか知らないが、他の医者を当たってくれ」

恐らく、自分の身なりから金がないと思われたに違いない。お亀久は意を決し、えらそうに胸を張る。

「土屋先生は札差の坂田屋に出入りしているでしょう。坂田屋の娘のあたしが呼んでいるのよ」

父に叱られるかもしれないが、赤ん坊とお粂の命がかかっている。お亀久は思い切って自分の素性を打ち明けた。

弟子はそれでも信用せず、お亀久を追い払おうとする。しばらく押し問答を続けていたら、ようやく土屋が現れた。

「おい、何を騒いでいる」

「すみません。この娘がしつこくて」

「先生、あたしです。坂田屋の亀久です」

弟子の声を遮《さえぎ》るように、お亀久は大きな声を出す。医者は眉を寄せてから、驚いたように目を瞠った。

「おお、お亀久ちゃんか。ずいぶん久しぶりじゃないか。そんな恰好をしてどうしたんだ」

「詳しいことは後で話します。仕事道具を一式持って、いますぐ一緒に来てください」

こちらの必死さが伝わったのか、土屋はすぐにうなずいた。医者を連れて亀島町の長屋に駆け戻ると、お稲が飛び出してきた。

「先生、よく来てくださいました。男の先生には少々やりづらいところですが、うまいこと縫ってやってくださいまし」

土屋に続いてお亀久も産屋に足を踏み入れると、産湯を使った赤ん坊がかすかな寝息を立てている。無事に生まれたことを知り、お亀久はその場に膝をついた。

やっぱり、おタネ様は産婆の神様だ。

逆子だってちゃんと取り上げてくれたもの。

今日は危ないと思っていた分、安堵のあまり涙が出る。生まれたばかりの赤ん坊をこの目で見るのは二度目だが、どの子も真っ赤でしわくちゃながら、喩えようもなく神々《こうごう》しい。お亀久は新たな命と出会う感動を改めて嚙みしめた。

死んだお磯の子は気の毒だと思うけれど、おタネ様がそれを苦にして産婆を辞めてしまっていたら、お粂の子はきっと助からなかった。いや、自分だって無事に生まれていたかわからない。天の神様と違い、産婆の神様は万能ではない。時には力及ばず、赤ん坊を死なせることもある。それでも、その悲しみを糧にして、また赤ん坊を救うのだ。

人に恨まれるくらい何だって言うの。一度は死のうとしたあたしだもの。ひとつでも多くの命を救えるなら、どんな恨みも受け止めるわ。

お亀久が決意を新たにしている間に、土屋は縫うべき箇所を確かめたようだ。口ひげを蓄えた顔をしかめ、驚いたような声を上げた。

「ここは剃刀《かみそり》で切ったのか。何だってこんなことをした」

「腹の子の頭を出すためです。尻から生まれてつかえてしまい、会陰を切るしかなかったんでね」

お稲の説明に納得したのか、土屋はしきりと感心している。お粂は後産も終わって疲れ切っていたのだろう。男の医者に会陰を縫われているというのに、かすかにうめいただけだった。

「それにしても、おまえさんはいい度胸をしているな。一歩間違えば、赤ん坊まで切っちまうところだぞ」

土屋は帰り支度をしながら、お稲に向かって声をかける。お稲は得意げに胸を張った。

「そりゃ、おタネ様は産婆の神様ですからね」

「何だ、おまえさんの仕業じゃないのか。そのおタネ様はどこにいる」

首を傾《かし》げる医者を見て、お亀久もとっさに周囲を見回す。てっきり厠《かわや》にでも行ったのだろうと思っていたが、それにしては戻りが遅すぎる。

慌てて捜しに行こうとすれば、したり顔のおゆきが部屋の隅の丸めた夜着に目を向ける。お亀久が夜着をそっとめくれば、産婆の神様は赤いタスキをかけたまま、丸くなって眠っていた。

その三　神の御利益

一

冬の井戸端は地獄だが、夏場はまさに極楽だ。

寛政《かんせい》二年（一七九〇）六月四日の朝、お亀久は井戸端にしゃがみ込み、山盛りの胡瓜《きゅうり》を洗っていた。

産婆《さんば》見習いを始めた去年の暮れは、水仕事が何よりもつらかった。刃物や火を使うのと違って、水は怪我をしないと気楽に考えたのは最初だけ。

冬の井戸端は霜《しも》が下り、水は氷のように冷たい。お稲は初めのうちこそ「預かりもののお嬢さん」に何もやらせてくれなかったが、徐々に容赦がなくなった。それを「産婆見習いとして認められた」と喜んだのは束の間のこと、日々ひどくなる手足のしもやけやあかぎれにさんざん泣かされたものである。

しかし、夏真っ盛りのいまは冷たい水が心地よく、ずっと洗い物をしていたいくらいである。

調子に乗ったお亀久が派手に水を撥ね上げたとき、向かいの六軒長屋から顔見知りのおかみさんたちも鍋釜を手に現れた。

「お亀久ちゃん、おはよう。おや、ずいぶんたくさんの胡瓜だね。お夕ネ様のところじゃ、とても食べきれないだろう」

「胡瓜は足が早いし、ちょいとしなびかけているじゃないか。もったいないから、傷《いた》む前に配っちまいなよ」

出合い頭に強請《ねだ》られて、お亀久はひそかに身構える。

ここでの暮らしも半年を越え、厚かましい申し出にもずいぶん慣れた。以前は返事に困ったけれど、いまは笑顔で断れる。

「ご心配なく。悪くなる前に、ちゃんと漬物にしますから」

青物が余ったときは、塩をふって漬物樽に入れておく。それはお稲から教わった暮らしの知恵のひとつである。

だが、敵もさるもの引っ掻くものだ。おかみさんたちは「おや、そうかい」と目を眇《すが》め、すぐに「でもさ」と切り返した。

「お夕ネ様の家の漬物樽にそんなにたくさん入るのかい？　うちの糠床《ぬかどこ》で漬けてやろうか」

「そりゃいいね。うちも糠床がちょっと空いているからさ。胡瓜の二、三本なら預かれるよ」

親切ごかしに食い下がられて、お亀久はいささか閉口した。

おかみさんのひとりは楓川《もみじがわ》の河岸《かし》人足《にんそく》の女房で、お和《かず》という名の大年増だ。不平不満が多いせいか、いつも口を尖らせている。もうひとりはお信《のぶ》という飴売りの女房で、男にしては小柄な亭主より一寸余り背が高い。この二人は年が近くて気が合うのか、一緒にいることが多かった。

棄捐令《きえんれい》が出てからもうじき一年になるけれど、江戸はいまだ不景気の嵐が吹きやまない。河岸人足は仕事が減り、子供相手の飴売りも恐らく儲からないのだろう。

だからといって、この胡瓜を勝手に分け与えることはできない。お亀久が言い訳しようとすると、お和が先に口を開く。

「どうせ、もらいものだろう。たかがしなびた胡瓜ごとき、ケチケチしなくてもいいじゃないか」

「たかが胡瓜じゃありません。これは青物売りの夫婦が心を入れ替えた証です」

強欲な相手にカッとなって言い返す。いつもと違うお亀久の剣幕におかみさんたちはたじろいだ。

貯えのない貧乏人ほど、不景気になるとすぐ食い詰める。勢い、腹の子を流そうとする女が増え、三日前も隣町に住む青物売りの女房がやってきた。

「『子おろしなら中条流《ちゅうじょうりゅう》に行ってくれ』と断ったのに、『あすこは金が高い』と縋《すが》られて、お稲さんが怒ったんです」

――腹のふくらみは目立たなくとも、あんたの子は生きているんだ。産婆のあたしが人殺しの指南なんてできるわけがないだろう。

容赦のない物言いに青物売りの女房は青くなって帰っていき、昨夜再び訪ねてきた。

「お稲さんの言葉で目が覚めた。亭主ともよく話し合い、産んで育てることにしたと、わざわざ謝りに来たんです。この胡瓜はそのお礼なんですよ」

昨夜の出来事を教えながら、お亀久は改めて胸が一杯になる。お稲は日の目を見られないはずだった赤ん坊の命を救ったのだ。

ひとり熱弁をふるっていると、お和たちは冷ややかに目配せし合う。

「はいはい、そういうことなら、もう寄越せとは言わないよ」

「そうともさ。あたしらは河童《かっぱ》じゃないからね」

もらえないものに興味はないのか、二人はしゃがんで鍋釜を洗い出す。お亀久も口をつぐんで残りの胡瓜を洗っていたが、ややしてお信が「その青物売りの女房は考えなしだよ」と言い出した。

「産婆は赤ん坊を取り上げるのが商売だもの。子おろしの相談なんてしたら、『産め』と言われるに決まっているじゃないか」

「本当だよ。どうして貧乏人仲間に相談しなかったのかねぇ」

「きっと相談相手に教えられた通りにしても、腹の子が流れなかったのさ。あたしだってドクダミやヨモギを煎じて飲んだけど、ちっとも効かなかったもの」

「ああ、あんたはいろいろやったっけ。あたしは何かする前に流れたけど」

「面倒がなくてよかったじゃないか」

明るい井戸端に不似合いなやり取りが目の前で交わされる。お亀久は耳を疑いつつ、二人に子がないことを思い出した。咎《とが》めるように睨みつければ、お信が小さく肩をすくめる。

「そういう目で見なさんな。あたしはその青物売りの女房と同じだよ」

「えっ」

「腹の子を流そうとしたけれど、なかなか流れてくれなくてね。そのうち腹が大きくなって、しょうことなしに産んだのさ」

ならば、どうしていまお信に子がいないのか。お亀久の疑問を察したように、お和が尖った口で教えてくれた。

「お信さんの子は生まれて半年足らずで死んじまったよ。貧乏人の間では、うんざりするほどよくある話さ」

七つまでは神のうち――そんな言葉があるくらい、幼子は命を落としやすい。病《やまい》になっても医者にかかる金のない貧乏人の子はなおさらだ。お信も赤ん坊に死なれたときは、涙が涸《か》れるほど泣いたという。

「腹の中にいたときは、何をしても死ななかったのに。痛い思いをして産んでやったら、さっさとあの世に逝っちまって。これこそ骨折り損のくたびれ儲けさ」

軽い口調とは裏腹に、お信の目つきは暗かった。

きっと、言葉もしゃべれないうちに亡くなった我が子を思い出しているのだろう。お和はお亀久に背を向けて、井戸から水を汲《く》み上げた。

「あたしもお信さんと似たような時期に身籠ったけど、産むかどうか迷っているうちに流れちまってね」

流れた直後は「助かった」と思ったが、お信の腹が大きくなるのを見ているうちに、お和はうらやましくなったという。

「でも、お信さんの子も死んじまってさ。あのときは二人で手を取り合い、気がすむまで泣いたもんだよ」

「いまはお互い子がなくてよかったと思っちゃいるがね」

「棄捐令からこっち、夫婦二人で食べていくのが精一杯だ。食べ盛りの子がいたら、ひもじい思いをさせちまう」

二人の言いたいことはわかるけれど、産婆を目指すなら、ここでうなずくべきではない。お亀久はためらった末に言い返した。

「それでも、せっかく授かった命じゃありませんか。親の都合で流すなんて、あんまりにも身勝手です」

「じゃあ、苦しい思いをさせるとわかっていて、それでも産めというのかい。そっちのほうがはるかにかわいそうさ」

お産で一番悲惨なのは、母親が亡くなって赤ん坊だけ助かることだ。残された亭主は乳飲み子を抱えて働けず、下手をすれば女房の後を父子で追う羽目になりかねないと、お和はお亀久を睨みつけた。

「あんたはここに来るまで乳母日傘《おんばひがさ》で育ったんだろう。貧乏のつらさを知らないくせに、えらそうなことを言うんじゃないよ」

「でも、お和さんたちより貧しくたって、子持ちの夫婦はいるはずです」

逆に金持ちの家に生まれたって、長生きできるわけではない。かどわかされた我が身を顧みて異を唱えれば、お和の声がさらに苛立つ。

「そんなの、あんたに言われるまでもないさ」

「赤ん坊を取り上げたら仕事が終わる産婆と違い、親の仕事はそこから始まる。先のことを考えて、子を流して何が悪いんだい」

「苦労するだけとわかっていたら、腹の子だって生まれてきたくないだろう」

二人がかりで言い負かされ、お亀久が洗った胡瓜を抱えて逃げようとしたとたん、お信に「お亀久ちゃん」と呼び止められた。

「一昨日《おととい》の晩、うちの亭主が両国橋《りょうごく》のそばで花火見物をするおゆきちゃんを見かけたって言うんだよ。あの子はいつの間に男嫌いを返上したのさ」

いままで「貧乏ゆえに子を流した」「乳飲み子のうちに死なせてしまった」と暗い顔つきで話

していたのに、なぜおゆきのことが出てくるのか。お亀久は顎を落として振り返り、お和は不満げに口を尖らせた。

「そいつはあたしも初耳だね。お信さん、どうして教えてくれなかったのさ」

「だって、昨日は袋貼りの内職が忙しくて、あんたとおしゃべりをしている暇がなかったんだよ」

「だったら、仕方がないか。相手はどこの誰なんだい」

「あいにく人が多くて、連れの顔は見えなかったらしい。だから、お亀久ちゃんに聞いているんじゃないか」

「なるほど、あれほどの美人なら相手は選《よ》り取り見取りだろう。どこぞの若旦那か、稼ぎのいい職人か」

「案外、町娘に人気の町火消かもしれないよ」

「どっちにしたって、産婆になるのはあきらめたんだね」

「それはまだわからないよ。相手が職人なら、女房にも稼がせるだろう」

さっきまでとは様子が一転、興味津々《きょうみしんしん》のおかみさんたちを見て、お亀久はようやく腑に落ちた。山盛りの胡瓜を見て言い出すのが遅れただけで、もともとお信はおゆきのことを聞きたかったに違いない。

毎年五月二十八日から八月二十八日までは大川の川開きで、暮れ六ツ（午後六時頃）を過ぎても両国広小路《ひろこうじ》での商いが許される。江戸っ子は夜空を彩る花火を見上げ、夕涼みを楽しむのだ。

浅草天王町《あさくさてんのうちょう》で育ったお亀久にとって、江戸の夏と言えば川開きである。夜しかできない花火見物は、男女の仲を深めるのに使われることも知っていた。

だが、おゆきに限って思う相手がいるとは思えない。人違いではないかと言えば、飴売りの女房は顎を突き出す。

「あたしも信じられずに念押ししたんだよ。そしたら、『あんな美人を見間違えたりするもんか』って亭主に怒られちまった」

「おやおや、あんたの亭主も隅に置けないね」

「ふん、男はみな美人に弱いもんさ。お和さんの亭主だって、おゆきちゃんの前では鼻の下が伸びているじゃないか」

楽しそうに言い合う二人には悪いが、あいにくこっちは何も知らない。お亀久が正直に打ち明けると、おかみさんたちは舌打ちした。

「好きな男の話もしないなんて、あんたたちは仲が悪いのかい」

「いや、きっとお亀久ちゃんに遠慮したのさ」

お和はそう言って、意味ありげにこっちを見た。

さては器量の悪い自分に気兼ねして、おゆきが黙っていると言いたいのか。お亀久はすっかり腹を立てて、今度こそ井戸端から立ち去った。

そりゃ、あたしはおゆきさんみたいな美人じゃないけど、これでも材木問屋万紀の跡取りに言い寄られているんだから。馬鹿にしないでもらいたいわ。

心の中で言い返し、ふと紀次から何の音沙汰もないことを思い出す。春に縁談を断ったときは「気長に口説く」とうそぶいていたくせに。本気で自分を口説きたいなら、花火見物は絶好の機会だろう。

要するに、紀次さんも口だけだったということね。それならそれで結構だわ。あたしだって一緒になる気はこれっぽっちもないんだから。

足取りも荒々しく勝手口の戸を開ければ、姉さん被りのおゆきが竈《かまど》の掃除をしていた。いまは客が少ないので、お稲に置いていかれたのだろう。

「あら、お亀久ちゃん。その胡瓜の山はどうしたの」

昨夜青物売りの女房が訪ねてきたとき、おゆきはすでに帰っていた。

不思議そうに尋ねる相手の顔には、白い灰がついている。それでも滑稽に見えないから、美人はつくづく得である。お亀久は変なところに感心しながら青物売りの女房のことをおゆきに教え、最後に一言付け加えた。

「ところで、おゆきさんはいい人ができたんですってね。黙っているなんて水臭いじゃない」

「いきなり何を言い出すの。あたしにいい人なんていないわよ」

お亀久はしらばっくれる相手に飴売りが見ていた話をする。すると、おゆきの眉間にしわが寄った。

「一昨日はおっかさんと花火見物に行ったのよ。間違った噂を流すなんて、お信さん夫婦にも困ったもんだわ」

その憤慨する様子からして、嘘をついているわけではなさそうだ。自分の見た目のせいで内緒にされたわけではないと知り、お亀久は胸を撫でドろした。

二

川開きが終わり九月になると、江戸は秋の気配が色濃くなる。

着物も単衣《ひとえ》から袷《あわせ》になり、今日九月十日からは綿入れを着るようになる。まるで、それに合わせたように今朝は冷たい雨が降った。

衣替えの日に隠れるなんて、お天道様も意地悪ね。今日はお稲さんの使いで、本材木町《ほんざいもくちょう》まで出かけないといけないのに。

雨の日の外出は着物の裾が汚れてしまう。特に綿入れは洗濯が面倒なので、汚れると厄介だ。

お亀久は慣れない高下駄を履き、大きな傘をさして外に出た。

いつもにぎやかな江戸の町も、雨が降ると静かになる。

声をからして売り歩く行商人がいなくなり、出職の大工や左官も仕事を休む。お亀久が泥撥ねを気にしながらぬかるんだ往来を歩いていると、雨音の中から甲高い声が近づいてきた。

「ねぇ、おっかぁ。今日、よっちゃんは名前をうまく書けなくて、お師匠さんに叱られたんだよ」

「ふん、おいらの『よしたろう』は難しいんだ。おめぇの『いちた』なら、おいらだって簡単に書けるのに。おとっつぁんが厄介な名を付けるから悪いんだよ」

「坊ちゃん、そういうことをおっしゃってはいけません。『よしたろう』はとても立派な名前です」

「そうですよ。あたしらはものを知らないから、簡単な字しか書けないいんです。ほら、おまえも余計なことを言うんじゃないよ」

前方に現れた幼い二人とその連れは、手習い帰りのようである。文句を言う「坊ちゃん」に傘をさしかけている手代は主人をかばい、「いちた」の母親は我が子を叱る。どこか懐かしい光景にお亀久は笑いを嚙みころした。

書くのが難しい字なら、「義太郎」か「嘉太郎」かしら。あたしも手習いを始めたとき、「亀」の字にさんざん手こずったもの。いっそ平仮名にしてほしかったと、おっかさんに文句を言った覚えがあるわ。

幼いときは自分の名に込められた親の思いなど考えない。我が身に重ねて微笑《ほほえ》ましく眺めていたら、坊ちゃんと手代は途中で角を曲がってしまった。

母と二人になった「いちた」は、雨の日の迎えがうれしいのだろう。はしゃいで泥を撥ね上げて、またもや母に叱られている。お亀久はそんな母子を脇から追い越し、幼馴染みのお八重を思った。

同い年のお八重とは、同じ手習い所に通っていた。どっちも札差の娘なので、互いに負けまいと張り合った。あの頃はこんな未来があるなんて夢にも思っていなかった。

自分は幼馴染みの許婚《いいなずけ》、紀一郎を紀州の山崩れで失って、お八重は棄捐令のせいで実家の相模屋が傾き、祝言目前に破談になった。その後、相模屋は潰れたが、お八重はどこかの料理屋の跡取りに嫁いだと聞いている。

おゆきさんほどじゃないけれど、お八重ちゃんは美人だもの。持参金がなくたって、嫁に欲しがる人はいるでしょう。

それでも、身ひとつで嫁げば、何かと肩身が狭いはずだ。実家を頼ることもできず、心細い毎日を送っているに違いない。

一方、自分は縁談を避け、好き勝手をさせてもらっている。お亀久はいまさらながら後ろめたさを覚え、弾正橋《だんじょうばし》の手前で立ち止まった。

今日は雨で霞んでいるが、晴れた日は楓川《もみじがわ》の奥にそびえる千代田《ちよだ》のお城がよく見える。最後にお八重と会った日は、はるかかなたまで見通せる秋晴れだった。

あの日のような青空をまた二人で見られる日が来るだろうか。お亀久は勝気な幼馴染みを懐かしみ、雨で滑る橋を慎重に渡り始めた。

通いで産婆見習いをしているおゆきは、本八丁堀《ほんはっちょうぼり》三丁目の裏長屋に住んでいる。九月十五日の朝、お稲は朝五ツ（午前八時頃）を過ぎても現れないおゆきを案じて、様子を見に行くようお亀久に命じた。

「昨日は顔色が悪かったし、きっと寝込んでいるんだろう。今日はあたしひとりで客の家を回るから、あんたはおゆきの長屋に行って『しっかり休め』と言っておやり。治るまで顔を出すなってね」

腹の大きな相手はもちろん、産後間もない母親や赤ん坊に病をうつすわけにはいかない。お亀久はお稲を見送ってから、急ぎ足で家を出た。

おゆきの父親は十年前に亡くなって、いまは母親と二人暮らしと聞いている。稼ぎ手のいない女所帯は貧しいと承知していたが、お亀久はおゆきの住まいを見て驚いた。

向かいの長屋よりみすぼらしいなんて、下には下があるものね。おゆきさんがいまにも崩れそうな棟割《むねわり》長屋で暮らしているとは知らなかったわ。

お和たちの住む六軒長屋は安普請ながらも割長屋《わりながや》だ。棟割長屋は割長屋を半分に仕切ったもので、三方を壁に囲まれている。当然風通しは悪く、隣の物音もうるさいだろう。何より、大人が二人で暮らすには窮屈なはずである。

いっそ、おゆきもお夕ネ様の家に住み込めばいいものを。お亀久は首を傾《かし》げつつ、声をかけた。

「おゆきさん、いますか。亀久ですけど」

しばらく返事を待ってみたが、汚れた腰高障子の向こうで人の動く気配はない。

嫌な予感に急《せ》かされて腰高障子を開けたところ、狭い部屋の真ん中でおゆきが頭を抱えている。

お亀久は許しも得ずに上がり込んだ。

「ちょっと、おゆきさん大丈夫？　具合が悪いなら、ちゃんと横にならないと」

母親の姿は見えないから、もう働きに出たのだろう。お亀久がおゆきの額に触れると、その手をいきなり摑まれた。

「お亀久ちゃん、助けてちょうだい」

切羽詰まった様子に驚き、「何があったの」と問い返す。すると、おゆきはお亀久の手を放し、拝むように両手を合わせた。

「あんたは札差坂田屋のお嬢さんでしょう。後生一生のお願いよ、あたしに坂田屋の旦那の力を貸して」

自分の素性を言い当てられて、お亀久は我知らず息を吞む。どうして知っているのと問い詰めれば、おゆきは「米俵を届けに来た奉公人の後をつけた」と白状し、額を破れ畳に擦りつけた。

「このままじゃ、おっかさんが危ないの。この通り頼みます」

「おゆきさん、まずは顔を上げて。おとっつぁんに何を頼みたいのか、順を追って話してちょうだい」

困ったお亀久が促せば、おゆきは震える声で「三好屋《みよしや》の若旦那に言い寄られている」と打ち明けた。

三好屋と言えば、尾張町《おわりちょう》にある蠟燭《ろうそく》問屋の老舗《しにせ》である。そこの若御新造のお初《はつ》は難産の末に男の子を産んだものの、二月《ふたつき》経った現在《いま》も寝付いていた。独り寝が続く若旦那の光一郎《こういちろう》は、我が子を取り上げた産婆の弟子に言い寄っていたらしい。

まったく、男の風上にも置けないとお亀久が憤慨するそばで、おゆきは力なく呟いた。

「あすこの若御新造さんは乳の出が悪くてね。お稲さんのお供で何度か足を運んでいたら、見初められたみたいでさ」

迷惑千万な話だが、おゆきはそういうことに慣れていた。三好屋にいる間はお稲のそばから離れずにいたら、三好屋の手代がこの長屋にやってきた。

「若御新造さんが内密に話をしたがっている、一緒に来てほしいと言われてね。てっきり、亭主の下心に勘づいたと思ったんだよ」

ならば、こっちにその気のないことを伝えたい。そう思って手代についていくと、連れていかれた料理屋には光一郎がいて、『妾《めかけ》になれ』と言いながらのしかかってきた。そこで相手の向こう脛を蹴って逃げたと聞き、お亀久はさらに目を吊り上げた。

「そんな目に遭ったのなら、すぐにおタネ様やお稲さんに言わなくちゃ。どうしていままで黙っていたの」

「だって、近頃はお産も少なくなったじゃないか。あたしのせいで金払いのいい客を失うわけにはいかないもの。弁慶の泣き所を思い切り蹴ってやったから、向こうも懲《こ》りたと思ったんだよ」

しかし、相手は懲りるどころか、さらに卑怯な手を使った。今度はおゆきの母が狙われたのだ。

「一昨日、おっかさんの奉公先の料理屋で、積み上げてあった天水桶が倒れてね。客を見送っていたおっかさんはもう少しで怪我をするところだったんだ。あたしが昨日三好屋に行ったら、若旦那に『おっかさんが無事でよかったな』と耳打ちされて……」

光一郎の手下が母を見張っていると知り、おゆきは恐怖のあまり、しばし動けなかったという。

おゆきは母ひとり子ひとりだが、あいにく血のつながりはない。おゆきの母は「もらい子をすると、子ができる」という俗説を信じて親を亡くした幼子を引き取ったのに、とうとう子宝に恵まれなかった。

それでも、母はもらい子を我が子さながらに大事にした。父の死後、「おゆきを芸者にしないか」という誘いが山ほどあったにもかかわらず、一切耳を貸さなかった。さらに「産婆になりたい」という娘の夢を後押ししてくれている。

「あたしは大恩あるおっかさんにこれ以上迷惑をかけられない。でも、若旦那の妾になったって、おっかさんはきっと悲しむわ。だから、お亀久ちゃんのおとっつぁんに力を貸してほしいのよ」

札差坂田屋壮一は江戸でも名の売れた大商人だ。父が睨みを利かせれば、三好屋の跡取りもおとなしくなるだろう。

だが、産婆見習いになる前に、自分の身元は隠すと父に約束している。困ったことになったと思っていると、おゆきが再び頭を下げた。

「あたしが頼れるのは、お亀久ちゃんしかいないの。どうか、あたしとおっかさんを助けてちょうだい」

その追い詰められた表情を見てしまったら、断ることなどできなかった。いまにも泣きだしそうなおゆきの顔が幼馴染みと重なった。

あたしはお八重ちゃんが困っていたとき、何の力にもなれなかった。おゆきさんまで見放すことはできないわ。

とはいえ、自分の素性を知られたばかりか、力添えまで頼んだら、きっと父に叱られる。お亀久はしばし悩んだ末に、開き直ることにした。

下手に嘘をついたって、どうせ見透かされるだろう。自分の素性を黙っていてもらう口止め料代わりだと言えば、父も嫌とは言えないはずだ。肚をくってうなずくと、目に涙を浮かべて感謝された。

そして、おゆきはおタネ様の家に行き、お亀久は坂田屋に行った。運よく店にいた父に頼んで二人になると、事情を話して頭を下げる。

「おとっつぁんなら、三好屋の若旦那なんて目じゃないでしょう。どうかおゆきさんに力を貸してください」

「……力を貸してやってもいいが、条件がある」

叱られる代わりに条件を付けられて、お亀久は不安を覚える。小声で「何でしょう」と問い返せば、父は不機嫌に言い放った。

「おまえはいますぐ産婆見習いを辞めて、家に戻ってこい。それが嫌なら、おまえの頼みも聞けないな」

「そんなっ」

まさかの条件にうろたえれば、父は眉を撥ね上げる。

「どうした、何を驚いている」

「だって、おとっつぁんは……」

母や兄と違い、産婆見習いになることを許してくれたではないか。信じられない思いでいると、父はこれ見よがしに嘆息した。

お亀久が「産婆見習いになる」と言い出したころ、札差は棄捐令後の貸し渋りで旗本御家人から強い恨みを買っていた。

ここで頭ごなしに反対すれば、根は跳ねっ返りの娘のことだ。引きこもりを返上し、ひとりで八丁堀に通いかねない。その行き帰りに襲われたら、取り返しのつかないことになる。それならいっそ住み込ませたほうが安全だと、父は考えたのだという。

「おまえも知っての通り、八丁堀は町方役人の膝元だ。何より、坂田屋の娘が産婆見習いをしているなんて誰も思わないだろう」

だから、毎月米俵を届けてまでお夕ネ様の家に住まわせたのか。お亀久が絶句している間に、父は愛用の煙管《きせる》で一服する。

「これほど長くおまえが産婆見習いを続けるとは思わなかったが、初対面の男とも口がきけるようになったのは幸いだった。いまなら見合いもできそうだが、万紀の紀次と約束しているからな」

死んだ許婚の弟の名に不審を覚え、「どういうこと」と問い質《ただ》す。すると、「娘と一緒になりたければ、いまは八丁堀には近づくな。口説くのは家に戻ってからだ」と紀次に言ってあるそうだ。

では、父が紀次に産婆見習いのことを教えたのか。その上で「八丁堀に近づくな」と言われたら、口説くと言った幼馴染みも顔を見せないはずである。

娘には口止めしておきながら、自分は勝手に話すなんて――お亀久は苛立ちもあらわに父を睨んだ。

「おとっつぁんの気持ちはわかりました。でも、あたしは産婆になりたいの。家に戻るつもりはありません」

「ならば、三好屋の跡取りに意見はしないし、米俵を届けるのもやめるとしよう」

「ちょっと、どうしてそうなるのっ」

「親の言いつけを聞かない娘に手を貸してやる義理はない。おタネ様が頼んだ土屋先生への払いだって、うちで立て替えているんだぞ」

この春、おタネ様は会陰《えいん》を切って逆子の赤ん坊を無事取り上げた。その傷口を金創医《きんそうい》の土屋伯陽に縫い合わせてもらったが、土屋はその代金を坂田屋に請求したらしい。

土屋先生が何も言わないから、おまけしてくれたと思っていたのに。急にそんなことを言われても困るわよ。

本来なら患者が払うべきだが、払えないのはわかっている。いや、おタネ様だってすぐに払えるかわからない。途方に暮れる娘を見ても、父は厳しい態度を崩さなかった。

「いますぐ家に戻ってくれれば、立て替えた金はまけてやる。三好屋のことも何とかしてやろう。だが、戻らないなら話は別だ。この先、米俵が届かなくなっても、おまえはおタネ様のところにいられるのか」

「それは……」

「おまえも商人の娘だろう。どっちが得かよく考えろ」

父はそう言って、煙管を灰吹きに打ち付ける。お亀久は歯を食いしばり、ひと呼吸おいて「家に戻ります」と呟いた。

三

八丁堀への帰り道、お亀久は駕籠《かご》に揺られていた。

父から「このまま家にいろ」と言われたが、おタネ様やお稲に挨拶もなく姿を消すわけにはいかない。住んでいた部屋の片付けもあるし、せめて十日、無理なら五日だけ待ってほしいと訴えたところ、仏頂面の父が有無を言わさず駕籠に乗せたのである。

駕籠は好きじゃないけれど、今日は歩かずにすんでよかったわ。泣きながら往来を歩いていたら、みっともないもの。

お亀久がそう思う端から、涙が勝手にあふれてしまう。

おタネ様の家で待っているおゆきに泣き顔は見せられない。一刻も早く泣き止もうと、勢いよく洟《はな》をすすった。

いまにして思えば、「尼になりたい」と言ったときに自分を怒鳴りつけた父である。「産婆になりたい」という願いだって認めるはずがなかったのだ。

それなのにあたしときたら、おとっつぁんは味方だと思い込んで……。素性を隠せと命じたのも、すぐに呼び戻すつもりだったからなのね。

父の魂胆も知らないで、喜んでいた自分が情けない。すべてひとりよがりだったと思い知らされ、暗い駕籠の中で目を閉じた。

坂田屋壮一に逆らえば、おタネ様たちにも迷惑が及ぶだろう。

ろくにお産の手伝いもできない自分と違い、おゆきはお稲の手足となって働いている。あと何年かすればいい産婆になれるはずだ。お八重の力になれなかった分も、おゆきは助けてあげたかった。

そのうちに「エイホ、エイホ」の掛け声が止まり、静かに駕籠が下ろされた。

「お嬢さん、本八丁堀二丁目の木戸に着きました。旦那からここで下ろすように言われておりやすので」

おタネ様の家まで駕籠で行けば、周りに何事かと思われる。鼻づまりの声で返事をすると、駕籠かきが垂れを上げてくれた。

「……お世話様」

「へい、お気を付けて」

下駄を揃えて地べたに立つと、たちまち駕籠は見えなくなる。お亀久はまばたきを繰り返して、これから言うべき台詞《せりふ》を頭の中で確かめた。

おタネ様の家に戻ると、おゆきが真っ先に飛んでくる。

「お亀久ちゃん、おとっつぁんは何だって？」

青い顔で尋ねる相手にお亀久は強《し》いて笑みを浮かべた。

「おゆきさんのことを話したら、力を貸してくれるって。大船に乗ったつもりでいてちょうだい」

明るく言ったつもりだが、やはり無理があったらしい。おゆきの眉間にしわが寄った。

「だったら、どうしてそんな顔をしているの」

「何のこと？」

「赤い目をして言われても、ちっとも安心できないわ。何かまずいことがあったんでしょう」

「目が赤いのは、さっきあくびをしたからよ。まずいことなんて何もないわ」

「あくびくらいで、そんなに赤くなるもんか。さっさと白状しなさいよ」

上がり框《がまち》に立ったおゆきがこちらに詰め寄ってくる。それでも、お亀久が何も言わずにいると、「もういいわ」と舌打ちされた。

「あんたが言えないなら、あんたのおとっつぁんに教えてもらう。いまから坂田屋に行ってくる」

勢いよく言い捨てて、おゆきは下駄を履こうとする。お亀久は慌てて袖を摑んだ。

「急に押しかけたって、坂田屋の主人には会えないわよ」

「だったら、会えるまで待たせてもらうわ」

「やめてちょうだいっ」

そんなことをされたら、何もかも台無しだ。お亀久は必死で引き留めたが、おゆきは出ていこうとする。やむなく父とのやり取りを教えると、おゆきの顔から血の気が引き、徐々に赤く染まっていった。

「何よ、それ。あんたはあたしのせいで産婆見習いを辞めるっていうの？　誰もそんなことまで頼んじゃいないわ」

「おゆきさんのせいじゃないの。米俵が届かなくなれば、どうせここにはいられないし」

「なに馬鹿なことを言ってんの。あんたはお稲さんも認める産婆見習いになったんだよ。米が届かなくなったって、追い出されたりするもんか」

「でも、あたしが家に戻らないと、おとっつぁんは力を貸してくれないわ。おゆきさんはそれでもいいの？」

たちまちぐっと詰まったおゆきに、「そらごらんなさい」と肩をすくめる。

「あたしだって悔しいけれど、おとっつぁんには逆らえない。ここに戻る道すがら、気持ちのケリはつけたから」

「ちょっと待って。あきらめるには早すぎるって」

「ううん、もういいの」

もともと、坂田屋の娘が産婆になろうとしたこと自体が無理だった。周りに迷惑をかける前に家に戻ると伝えたところ、おゆきが「冗談じゃない」とむきになる。

「あんたがあたしのせいで産婆見習いを辞めるなんて寝覚めが悪いわ。そういうことなら、坂田屋の助けなんていらないよ」

おゆきの気持ちはありがたいが、いまとなっては手遅れだ。再度説明しようとしたら、おゆきは子供のように地団太を踏む。

「あんたの素性がわかったとき、あたしはうれしかったんだ。坂田屋ほどの大店《おおだな》になると、さすがにものがわかっている。世間の目を気にすることなく、娘のやりたいことをやらせてくれるんだと思ったのに」

お亀久だって以前《まえ》はそう思っていた。だからこそ、父に与えられた機会を生かそうと必死に頑張ったのである。悔しさをこらえて歯噛みすると、おゆきは力強く言い切った。

「三好屋の若旦那のことは、あたしが自分で何とかする。あんたは父親の言いなりになるんじゃないよ」

「何とかするって、どうやって」

「それは……これから考える」

「もたもたしていると、おゆきさんのおっかさんが怪我をするかもしれないわよ」

「そんなことはあんたに言われるまでもないわ。世間知らずの分際で、知ったふうな口をきかないで」

「世間知らずはそっちでしょう。坂田屋壮一に逆らえば、おタネ様やお稲さんにも迷惑がかかるのよ」

互いに大声で言い争っていると、背後で眠そうな声がした。

「まったく、人の家の入口で騒ぐんじゃないよ。あたしに迷惑がかかるって何のことだい」

振り向けば、昼寝から目覚めたらしいおタネ様があくびをしながら立っている。お亀久とおゆきが口を閉じると、おタネ様は財布を取り出した。

「おゆき、ひとっ走り木戸番小屋まで行って、焼き芋を買っといで。あたしは小腹が空《す》いたから」

予期せぬ買い物を命じられて、おゆきは目に見えてうろたえる。おタネ様は「そうそう」と付け足した。

「買ってくるのは三つだよ。お稲はまだ戻らないから」

「は、はい」

おゆきは困惑顔のまま、金と目笊《めざる》を手に出かけていく。入口の戸が閉まるのを見届けて、おタネ様はこっちを見た。

「さて、おゆきが戻ってくるまでにお亀久の話を聞かせてもらおうか。いいかい、嘘やごまかしは言うんじゃないよ」

普段は耳が遠いくせに、お産とこういうときだけはなぜか地獄耳になるようだ。お亀久は釈然としないものを感じつつ、洗いざらい打ち明ける羽目になった。

「へぇ、三好屋の跡取りが隠れておゆきに言い寄っていたのかい。それに気付かないなんて、お稲もまだまだだねぇ」

さも頭が痛いと言いたげにお夕ネ様は額を押さえる。お亀久は黙ってうなずいた。

「でも、おゆきもおゆきだよ。年下の見習いを頼るような、みっともない真似をして。どうしてあたしらに言わないのさ」

「ええ、あたしもそう言ったんです。困っているなら、お夕ネ様やお稲さんに言うべきだって」

「だったら、あんたがあたしに言えばいいだろう。どうして坂田屋さんに先に相談したんだい」

お夕ネ様はそう言って、しわ深い顔をよりいっそうしわくちゃにする。そんなことを言われても、おゆきと話しているときは「父の力を借りるしかない」と思ったのだ。

だって、相手は大店の若旦那よ。どんなに腕がよくたって、たかが産婆じゃ太刀打ちできないでしょう。

腹の中で言い返せば、お夕ネ様が顎を撫でた。

「それで、あんたはどうしたい。いますぐ産婆見習いを辞めて、坂田屋に戻るのかい」

どうしたいかと問われれば、実家になんて戻りたくない。

だが、戻らないわけにはいかないと、お亀久は無言で顎を引く。

「あんたも明けて十八だ。嫁入り支度でも始めるのかい」

「……おとっつぁんはそのつもりでも、あたしは嫁に行く気なんてありません」

昔から好きだったと言ってくれた紀次には悪いけれど、自分が夫婦《めおと》になろうと思ったのは、やさしくしてくれた紀一郎だ。迷いなく言い切ると、年寄りの産婆は首を傾げた。

「だったら、どうして戻るのさ。ここで見習いを続ければいいだろう」

「でも、そんなことをしたら」

「どんなに金や力があろうと、誰でも最初は赤ん坊だ。産婆は商人なんかよりはるかに顔が利くんだよ」

おタネ様はそう言って、膝の上で握りしめていたお亀久の手を軽く叩く。

それから間もなく、おゆきが焼き芋を抱えて帰ってきた。おタネ様は待ってましたとばかり、熱々の焼き芋をほおばった。

「亀の甲より年の功だ。後はあたしやお稲に任せておきな」

芋を片手に断言されても、こっちは信用しきれない。果たして任せていいのだろうか。

誰でも最初は赤ん坊と言ったって、自分を取り上げた産婆さんに恩を感じたりするかしら。生まれたときのことなんて誰も覚えていないじゃないの。

お亀久は不安で胸が塞がり、焼き芋を食べる気になれなかった。おゆきも似たような気持ちなのか、芋の皮を剝《む》く手が止まりがちだ。おタネ様だけ機嫌よく食べていたけれど、いきなり胸を叩き出す。

「おタネ様、どうしました」

「い、芋がつかえて……」

どうやら、急いで呑み込んで、喉につかえてしまったらしい。苦しげに咳込む年寄りを見かね、お亀久は背中をさすってやった。

四

お稲が家に戻ってきたのは、その日の暮れ六ツ半（午後七時頃）を過ぎていた。

今日はひとりだったので、いつもより手間取ったに違いない。出迎えたおゆきを見て眉をひそめた。

「おや、具合が悪いんじゃなかったのかい」

不審そうに尋ねられて、おゆきは一旦目をそらす。次いで、三好屋絡みの一件を打ち明けると、お稲は今度こそ怒りをあらわにした。

「どうして早く言わないんだい。あたしはあんたのおっかさんから『くれぐれも娘を頼む』と言われているんだよ」

「……すみません」

「お亀久もお亀久だ。あんたがここに来て、もう十月になるじゃないか。腹の子が月満ちて生まれるほどの長さを一緒に過ごしておきながら、まだあたしが信用できないのかい」

「……申し訳ありません」

「土屋先生も見損なったよ。お代を求められないのは、てっきり貧乏人を憐れんでくれたんだと思ったのに」

恐らく土屋は貧しい患者の懐を案じ、産婆見習いの実家である坂田屋に相談したのだろう。父は進んでその金を立て替えたに違いない。

お亀久は腹の中で言い訳しつつも、お稲の言葉にホッとした。これなら父に逆らったって追い出されずにすみそうだ。

そんな思いを知ってか知らずか、お稲がえらそうに腕を組む。

「あんたたちは揃いも揃って、あたしたちを見くびり過ぎだ。人の命にかかわる産婆は特別な強みがあるんだよ」

その後も文句を言いながら、お稲は夕餉《ゆうげ》を食べて茶をすする。そして箱膳を片付けると、女四人の話し合いが始まった。

「今日も三好屋に顔を出したけれど、お初さんはまだ血が足りない。乳の出が悪いのもそのせいだろう。そんなときに亭主の浮気を知れば、いよいよ枕から頭が上がらなくなっちまう。このことは絶対に内緒だよ」

おゆきのことは大事だが、客の身も大切だ。しかめっ面で語るお稲におゆきもうなずく。

「あたしが手籠めにされかけたと三好屋に訴えたところで、主人夫婦は跡取り息子の言い分を鵜呑みにするに決まっています。おっかさんのことだって、若旦那の仕業という証《あかし》があるわけじゃなし」

　ならば、どうやって光一郎を改心させるのか。お亀久が腕を組んで考え込むと、お夕ネ様はあくび混じりに言う。

「動かぬ証がないなら、作ればいいじゃないか」

「そんなことができるんですか」

　何でもないことのように口にされ、お亀久は目をぱちくりさせる。お夕ネ様はうなずいた。

「ああ、この企てがうまくいけば、三好屋の若旦那はおゆきをあきらめるだろう」

　そして、語られた企てにおゆきは嫌そうに顔をしかめた。


　十八日の昼過ぎ、おゆきは光一郎を薬研堀《やげんぼり》の茶店に呼び出した。

「そっちから声をかけてくれるなんて、ようやく決心したのかい」

　襖《ふすま》越しに聞こえる粘っこい声にお亀久の二の腕は粟立った。若旦那と向かい合っているおゆきはさぞかし気味が悪いだろう。

「しかも、こんな店まで知っているとは、おまえも隅に置けないね」

　ここは両国広小路に近い一見ただの茶店である。

　だが、二階の小座敷は知る人ぞ知る逢引き場所で、人目を忍ぶ男女がよく使っているらしい。

　ここなら知り合いに見られても、お茶を飲んでいただけだと言い逃れができるもの。お稲さんがこういう店を知っているとは思わなかったわ。

お稲は一度嫁ぎ、子ができなくて離縁された。その後、お夕ネ様の許で産婆となり、四十近い現在《いま》も独り身を通している。小太りで気が強く、色気もへったくれもないけれど、かつてはこういう場で男と会ったりしたのだろうか。

お亀久が横目でうかがえば、お稲は息を殺して襖を睨みつけている。その隣には、この企ての大事な助っ人が控えていた。

「ほら、もっと近くにお寄り。こんなところに呼び出して、いまさらもったいぶるんじゃないよ」

「……あたしが若旦那の言うことを聞けば、おっかさんに二度と手出しはしませんか。わざと天水桶を倒して、怪我をさせるような真似は……」

「もちろんだよ。あれはおまえがあんまり強情だから、ちょいとお灸を据えただけだ」

「…………」

「あたしは女に焦《じ》らされるのが嫌いでね。無駄話はもうやめて、楽しいことをしようじゃないか。それとも、前のように無理やりされるのが好みかい」

「いや、やめてっ」

湯呑の倒れる音に続き、おゆきの怯えた声がしたときだった。助っ人は立ち上がり、勢いよく襖を開ける。

「三好屋の若旦那、無理強《じ》いはいけませんぜ」

「な、何だい、おまえさんはっ」

逢引きの場に踏み込まれた光一郎は、慌てて裏返った声を出す。問われた男は不敵な笑みを浮かべ、懐から十手《じって》をのぞかせた。

「俺はお上の御用を務める日比谷《ひびや》の新八《しんぱち》ってもんでさ。隣で茶を飲んでいたら、気になる話が聞こえたんでね。無粋を承知でお邪魔しやした」

息を呑んだ光一郎は新八の後ろにいるお稲とお亀久を見て目を瞠《みは》る。そして、着物を直すおゆきを睨んだ。

「ところで、さっきの話は本当ですかい。わざと天水桶を倒すなんて物騒だね」

「あたしはそんなことを言った覚えがないよ。親分の聞き間違いじゃないのかい」

「それに、娘は嫌がっているようだが」

「わざと嫌がってみせるのは、女の手管のひとつだよ。でなきゃ、こんなところに男と来るはずがないだろう」

よほど面の皮が厚いのか、光一郎はしらばっくれる。新八は懐から手を出して顎をさすった。

「嫌よ嫌よも好きのうち。なるほど、そうかもしれねぇな」

「さすがは親分、話が早いね」

お上の手先といったところで、金持ちにへつらう十手持ちは多い。笑顔になった新八に光一郎も白い歯を見せた。

「だが、どっちが誘ったにせよ、若旦那が浮気をしようとしたことに間違いはねぇ。我が子が生まれて間もないのに、よくやるねぇ」

「だ、だったら、何だい。浮気は男の甲斐性だよ」

「そうは言っても、若御新造の実家《さと》である木島屋《きじまや》は面白くねぇだろう。あすこは俺の縄張りでね。かわいい娘の産後の肥立ちがよくねぇと、たいそう心配していやしたぜ」

八丁堀永島町《ながしまちょう》にある木島屋は、武家屋敷に奉公人を周旋する口入屋である。

高価な蠟燭を扱う三好屋にとって、武家屋敷は得意先だ。妻の実家を怒らせると後が怖いと気付いたのか、うろたえ始めた光一郎に新八は二の矢を放つ。

「娘は跡取りを産み、立派に嫁の務めを果たした。その娘を蔑ろにして、女遊びをするとは何事か――と、木島屋の主人が乗り込んでくるかもしれやせん」

「お、親分、まさか木島屋に告げ口する気じゃないだろうね」

恐る恐る問い返す声はみっともなく震えている。お亀久は光一郎の情けない姿に溜飲を下げた。大店の多くは陰で十手持ちとつながりがある。鏡の前の蝦蟇《がま》よろしく冷や汗をかく若旦那を新八はようやく睨みつけた。

「俺も好き好んで揉め事を起こすつもりはねぇ。黙っていてほしければ、金輪際おゆきに手を出すな」

「わ、わかった。おゆきにはもう二度と手を出さない。神かけて誓うから、どうか勘弁しておくれ」

荒事に慣れた十手持ちの眼光がよほど恐ろしかったのだろう。光一郎は転がるように逃げていく。その足音が消えてから、お亀久は笑顔で手を叩いた。

「あれなら骨身に沁みたでしょう。おゆきさん、よかったわね」

「ええ、あたしもすっきりしたわ。親分、ありがとうございました」

おゆきは身体の力を抜き、新八に向かって頭を下げる。強面《こわもて》の十手持ちは「いいってことよ」と手を振った。

「うちは五年前に男の子が生まれたが、あいにく身体が弱くてな。乳は飲まねぇ、夜泣きはする。おまけに年中熱を出すで、お稲さんにはさんざん世話になったんだ」

悪党には強い十手持ちも赤ん坊が相手では手も足も出ない。ひたすらお稲の助言に従い、守り育ててきたらしい。

「お稲さんがいなけりゃ、うちの新太《しんた》は赤子のうちに死んでいたかもしれねぇ。我が子の命の恩人にようやく恩を返せたぜ」

満足そうに告げられて、お亀久はやっと腑に落ちた。

なるほど、これがお稲の言う「産婆の特別な強み」なのか。誰だって生まれたときのことは覚えていないが、代わりに親が覚えている。

おとっつぁんだって、あたしを助けてくれた魚屋の加吉さんにいまも恩義を感じているもの。自分が世話になるよりも、我が子が世話になったほうがより大きな恩を感じるのかもしれないわ。

改めて産婆の偉大さを感じていたら、新八はなぜか眉をひそめた。

「とはいえ、若旦那のような手合いはこの先もきっと現れるぜ」

「えっ」

「独り寝の続く亭主の前をおゆきさんのような美人がうろつくんだ。うっかり本気で惚れられたら、もっと面倒なことになる。血迷った亭主は赤ん坊ごと女房を追い出すかもしれねぇぞ」

「…………」

「産婆見習いが客の亭主を誑《たぶら》かした――そんな噂が立っちまえば、産婆の神様の名に傷がつく。おゆきさんはいまのうちに商売替えをしたほうがいいんじゃねぇか」

もっともらしく諭されて、おゆきは真っ青になってしまう。

ずっと美人は得だと思っていたが、こんな落とし穴があったとは。お亀久がオロオロしていると、横からお稲が口を出した。

「そんなことになる前に、親分さんが馬鹿な男の目を覚ましてやってくださいな。これからも頼りにしていますよ」

ちゃっかり面倒を押し付けられて、新八の目つきが険しくなる。お稲は怯むことなく笑みを浮かべた。

「新太ちゃんが大人になったとき、お夕ネ様はもちろん、あたしだって産婆をしているかわかりませんꓽ。かわいい孫の顔が見たければ、うちの産婆見習いにせいぜい恩を売っておきなさいって」

ずいぶんと先の話をされて、新八は間の抜けた顔になる。

だが、すぐに納得したようで「そういうことなら手を貸すか」と、おゆきに向かって苦笑した。


かくしておゆきの問題は片付いたが、お亀久のほうはそのままである。

今日は戻ると約束した期限の九月二十日、そして待乳山聖天《まつちやましょうてん》の祭礼の日だ。父は浅草の商人としてそちらに顔を出すだろう。

それでなくとも、おとっつぁんは忙しいもの。あたしの帰りが二、三日遅れたって気にしやしないわ。その間にどうやって説得するか考えなくちゃ。

そう思って頭をひねっても、なかなかいい思案が浮かばない。上の空で廊下を拭いていたら、戸口の開く音がした。

無断で人の家の戸を開けるなんて、一体どこの誰なのか。不審に思い顔を上げれば、険しい顔の父が立っている。雑巾《ぞうきん》を放り出して駆け寄ると、ぶっきらぼうに告げられた。

「お亀久、荷物をまとめてすぐに帰るぞ」

「お、おとっつぁん、急に押しかけて来てそんなことを言われても……」

「何が急だ。五日で戻ると言っただろう」

父は丸い目をギョロつかせて勝手に上がり込んでしまう。お亀久は止めるに止められず、ひとまず茶の間に案内した。

時刻は朝四ツ（午前十時頃）になったばかりで、お稲とおゆきは出かけている。父は神棚の下の鬼子母神《きしもじん》と地蔵尊《じぞうそん》のお札に目をやって、「おタネ様とお稲さんはいないのか」とお亀久に尋ねた。

「おタネ様は二階で寝ているけれど、お稲さんは出かけています」

「だったら、おタネ様にはは挨拶して帰るとしよう。早くここに連れてきなさい」

何とも失礼な言い草だが、父は本来礼儀を重んじる。娘に対する怒りの深さを感じとり、お亀久は震える声を絞り出した。

「おとっつぁん、あたしは帰りません」

「何だと」

「毎月の米俵はもう要らないし、三好屋の件も片付きました。土屋先生のお金も少しずつ払います。おとっつぁんに迷惑はかけませんから、産婆見習いを続けさせて」

思いつくまま、まくし立てれば、父の目つきがよりいっそう剣呑《けんのん》になった。

「世間知らずが生意気を言うな」

「おとっつぁん、あたしは」

「いいから、早くおタネ様を連れてこい。でないと、無理やり連れ帰るぞ」

苛立ちもあらわに命じられ、お亀久は二階へ駆け上がった。

「おタネ様、起きてください。おとっつぁんがあたしを迎えに来ました」

「ああ、起こさなくとも、起きてるよ。どいつもこいつも本当に騒がしいったらありゃしない」

おタネ様は文句を言ってから、「よっこらしょ」と立ち上がる。そしてお亀久を連れて階段を下り、茶の間の長火鉢を挟んで父と向き合った。

「坂田屋さん、今日はどうなさいました」

「おタネ様、長らく娘がお世話になりました。勝手ながら、今日を限りにお暇《いとま》させてもらいます」

父は慇懃《いんぎん》に礼を言い、返事を待たずに腰を浮かせる。お亀久は慌てて引き留めた。

「おとっつぁん、勝手に決めないで。あたしは坂田屋に戻らないわ」

「お亀久はこう言っていますけどね」

「娘が何と言おうと、ここには置いておけません」

即座に返した父の顔をおタネ様はじっと見つめる。そして、「やれやれ」と頭《かぶり》を振った。

「おゆきのことを耳にして、娘が心配になったのかい」

「まさか、それはありませんよ」

器量よしのおゆきと違い、自分はあいにく父に似ている。男に言い寄られたりしないことは父も承知しているだろう。

しかし、父は「何がまさかだ」と声を荒らげた。

「嫁入り前の娘に何かあったらどうする気だ。危険があるとわかった以上、そのままにはしておけん」

予期せぬ台詞を耳にして、お亀久の顎が思わず落ちる。自分が思っていたよりも父は親馬鹿だったらしい。

その気持ちはありがたいが、自分は産婆見習いを続けたい。お夕ネ様に目を向けると、心得顔でうなずかれた。

「坂田屋さん、そんなに心配しなさんな。おゆきに付きまとっていた若旦那は新八親分が追い払ってくれたから」

「そう言われても、おゆきさんは誰もが振り返る美人だとか。おゆきさんに振られた男がお亀久に手を出したらどうします」

「だが、この子はようやく見習い仕事に慣れてきたところだよ。無理に連れ帰っても、また閉じこもるだけじゃないのかい」

お夕ネ様の言葉にお亀久もうなずく。父は顔をこわばらせた後、「見習いを続けても無駄になるだけだ」と決めつけた。

「どんなに腕のいい産婆も死とは縁が切れないでしょう。お亀久は命の恩人が目の前で斬り殺されてから、誰よりも死を恐れてきた。多少血に慣れたところで、産婆になんてなれるものか」

痛いところを突かれてしまい、お亀久は無言で目を伏せる。

ここはひとまず父に従い、家に戻ったほうがいいだろうか。ため息とともに覚悟を決めると、おタネ様がせせら笑った。

「坂田屋さんともあろうお人がわかってないね。人一倍死を恐れるから、お亀久は産婆に向いているのさ」

人の命を扱うお産は常に死が付きまとう。

だからこそ、死に慣れてはいけないとおタネ様は言い切った。

「あたしだって何千人も赤ん坊を取り上げてきたけれど、いまだに怖くて仕方がない。あたしのへまやうっかりで死なせるわけにはいかないからね」

まさか、産婆の神様の口からこんな言葉が飛び出すなんて。お亀久はにわかに信じられなかった。

「でも、赤いタスキをしているとき、おタネ様はいつも堂々としています」

「そりゃそうさ。産婆がビクビクしていたら、これから命がけで子を産む客がもっと不安になるじゃないか」

おタネ様は平然と笑い飛ばし、ひと呼吸して真剣な顔になる。

「母親と赤ん坊を死なせたくなかったら、誰よりも必死になって産婆の腕を磨くしかない。あんたはそれができるはずだよ」

真っ直ぐ目を見て告げられて、お亀久は両手を握りしめた。

お夕ネ様が「産婆見習いにならないか」と自分に声をかけたのは、そういう理由だったのか。死を望んだ者への同情や、父へのおもねりで誘われたわけではなかったのだ。

お亀久がさらにやる気を出したとたん、父に横目で睨まれた。

「……産婆の腕を磨く途中で、この子がどれだけ傷つくか。娘が苦労するとわかっていて、やらせる親などいるものか」

「だが、商人だって金の怖さを知ってこそ、一流の商人になれるんだろう。本人は苦労を承知でやる気なのに、親が邪魔してどうするのさ。天下の坂田屋壮一が女々《めめ》しいことを言うんじゃないよ」

いつも前屈みの腰を伸ばし、お夕ネ様が啖呵《たんか》を切る。父は顔色を変えて、お亀久を見た。

父が娘の身を案じてくれているのは、よくわかった。

それでもここで家に帰れば、またあの暗い日々に逆戻りだ。お亀久はまっすぐ父を見返した。

「腕のいい産婆は無事に赤ん坊を取り上げることで、多くの夫婦に恩を売れるの。あたしは坂田屋の役に立てるような、立派な産婆になってみせます」

「…………」

「商人の娘なら、どっちが得かよく考えろと、おとっつぁんが言ったのよ。ここはあたしを連れ帰るより、見習いを続けさせるほうが得じゃないの」

少々こじつけめいているが、掛値なしの本心である。願いを込めて父を見つめていると、ややしてあきらめ顔になった。

「お亀久があのまま坂田屋にいたら、いまも死んだように生きていただろう。ここまで元気になったのは、おタネ様のおかげです。産婆の神様のご利益を信じて、もうしばらく様子を見るとしよう」

「おとっつぁん、ありがとう」

思わず喜びの声を上げれば、父にすかさず釘を刺された。

「おまえの身に何かあれば、すぐに連れ帰るからな。今後は月に一度、必ず顔を見せに来るんだぞ」

娘の無事を確かめないと、心配で仕方がない――そんな父の本音を察し、お亀久は大きくうなずいた。

そして、感謝と尊敬を込めておタネ様に手を合わせれば、年寄りは不満げに口をすぼめた。

「何の真似だい。あたしゃまだ生きてるよ」

その四　神の後悔

一

芝居における年の始めは、顔見世《かおみせ》興行を行う霜月《しもつき》（陰暦十一月）一日だ。

江戸の三座は一年ごとに座元と役者が契約する。堺町《さかいちょう》（中村座《なかむらざ》）の看板役者が隣町（葺屋町《ふきやちょう》＝市村座《いちむらざ》）に移ることもよくあった。

せっかちで芝居好きな江戸っ子は、そんな一年の始まりをおとなしく待っていられない。九月の秋興行が終わったとたん、てんでに好き勝手なことを言い始める。

寛政《かんせい》二年十月十四日の朝、札差の父、坂田屋壮一に呼ばれて蔵前《くらまえ》へ向かう道すがら、お亀久の耳にもそういうやり取りが聞こえてきた。

「なぁ、團十郎《だんじゅうろう》はどこに行くと思う」

「そりゃ、市村座しかねぇだろう。今年は市村座で大当たりを続けていたのに、途中で舞台を休んだ挙句、中村座の連中と甲府《こうふ》に行っちまったんだぜ。これで一座を変わったら、義理が立たねぇというもんだ」

「そうは言っても、團十郎は急な病《やまい》だったんだぜ。甲府興行に出向いたのも、不入り続きの中村座を助《す》けるためだ。市村座は團十郎が抜けた後も、（岩井《いわい》）半四郎《はんしろう》や（澤村《さわむら》）宗十郎《そうじゅうろう》が舞台に立って、大入りを続けていたじゃねぇか。これまでの行きがかりを考えれば、中村座に行くに違いねぇ」

「だが、木挽町《こびきちょう》は休業中の森田座《もりたざ》に代わり、控《ひか》え櫓《やぐら》の河原崎座《かわらさきざ》が久々に幕を上げると聞いたぞ。五代目（團十郎）は河原崎座の座元と縁続きだし、俺はそっちに行くと見たね」

俗に「女三人寄れば姦《かしま》しい」なんて言われるが、男も五十歩百歩である。お亀久は朝から茶店の床几《しょうぎ》に陣取っている半纏《はんてん》に股引《ももひき》姿の男たちに眉をひそめた。

大工だか左官だか知らないけれど、もっと真面目に働くべきでしょう。棟梁《とうりょう》に睨まれて、追い出されても知らないわよ。

今朝は曇り空ながら、ひと雨来そうな気配はない。若い出職の職人ならば、さっさと仕事に行くべきだ。

顔見世を目前に控えたこの時期は、寄ると触ると芝居の話が始まる。

しかし、お亀久は興味がない。鼻を鳴らして茶店の前を通り過ぎた。

去年までは、とにかく見知らぬ男が恐ろしくて家に閉じこもっていた。どれほど人気があろうとも、男が演じる芝居なんてわざわざ観たいはずがない。

無論、そんな自分がおかしいことは承知している。三座の芝居見物は季節を問わず楽しめる江戸一番の娯楽なのだ。

年頃の娘なら二枚目役者に憧れて、芝居を観に行く三日前から何を着ていくかで迷うのが当たり前。大当たりした演目の女形《おんながた》の化粧を真似したり、舞台衣装と同じ柄の着物をわざわざ誂《あつら》えることも多かった。

幼馴染みのお八重だって、人気女形の瀬川菊之丞《せがわきくのじょう》に熱を上げていた。錦絵《にしきえ》片手にその美しさを力説されたが、当時は聞く耳を持たなかった。丸腰の男と口をきけるようになった現在《いま》だって、進んで芝居を観たいとは思わない。

大当たりを取る芝居の多くは、心中や仇討ものばかり。舞台の上で演じられる偽りの死に涙を流して何になるのよ。

お亀久は十歳でかどわかされて、本物の人殺しを目撃した。そのとき感じた死の恐怖を乗り越えて、やっと産婆《さんば》見習いになったのだ。わざわざ高い金を払ってまで、死んだふりなど観る気はない。

「そんなに團十郎が気になるなら、仕事に精を出せばいいのよ。芝居見物は滅法お金がかかるんだから」

職人たちが居座る茶店を離れてから、お亀久は小声で独りごちた。

芝居小屋の桟敷は三十五匁《もんめ》、平土間でも二十五匁ほどかかる。客がぎゅうぎゅう詰めになる切落《きりおとし》すら、百三十文もするらしい。大工の一日の稼ぎはおよそ五匁くらいだから、桟敷や平土間は金持ちしか手が出ないだろう。

だが、切落の百三十文だって働かなければ得られない――と考えたところで、お亀久は不意に気が付いた。

江戸の大工が儲かるのは頻繁に火事が起きるせいだが、今年は火事が少ない上に、不景気も続いている。羽振りのよかったころの札差のように、金に糸目をつけない普請をする者などいないはずだ。

あの三人は朝から怠けていたのではなく、仕事がないのかもしれない。お亀久は非難がましい目を向けたことを後悔しながら、足早に江戸橋《えどばし》を渡った。

ちなみに仕事が減って困っているのは、産婆だって同じである。お稲によると、いまの夫婦はひとつ布団《ふとん》で寝ていても、身籠らないようにしているとか。

――向かいの長屋で聞いた話じゃ、どこも用心紙《ようじんがみ》を使っているんだとさ。道理でお産が減るわけだよ。

用心紙は本来、妊娠を避ける遊女が使うものである。唾で柔らかくした御簾紙《みすがみ》をあそこに詰めて、客とことに及ぶのだ。お亀久は生々しい床の話を聞き、思わず頬を赤らめた。

堅気の夫婦まで子を望まないなんて世も末だわ。早く景気が良くなって、あちこちで産声《うぶごえ》が聞こえるようにならないかしら。

ため息混じりに歩いていたら、いつの間にか大伝馬町《おおでんまちょう》の木戸に来ていた。

この界隈《かいわい》は今月二十日の恵比寿講《えびすこう》前日から、べったら（大根の漬物）市が立つことで有名だ。毎年たいそうな人出と聞くが、果たして今年はどうなるやら。お亀久は團十郎の行き先よりも、べったら漬けのほうが気になった。

その後はしつこく呼び止める広小路《ひろこうじ》の客引きを振り払い、柳橋《やなぎばし》を渡って浅草天王町《あさくさてんのうちょう》の坂田屋にたどり着く。粗末な身なりをはばかって勝手口から母屋に入ると、奥の座敷で待っていたのは父ではなかった。

「どうして、紀次さんがここにいるの」

案内の女中は逃げるように出ていってしまい、若い男女が残される。仰天して詰め寄るお亀久に、今日も羽織姿の幼馴染みは頰を緩めた。

「そりゃ、坂田屋のおじさんが俺の味方に付いたからだ。これからは毎月おめぇと会わせてくれるとさ」

あたしに「毎月顔を見せろ」と命じたのは、娘の身を案じたからじゃなかったの？　姿を見せないおっかさんも同じ穴の狢《むじな》に違いないわ。

血の繋がった娘より、娘に言い寄る男の肩を持つなんてあんまりだ。お亀久が両親の仕打ちに憤っていると、紀次は「そう嫌そうな顔をすんなって」とにじり寄ってきた。

「今日はおめぇにとびきりいい話を持ってきたんだぜ」

「……どんな話よ」

かつてのいじめっ子が持ってきた「いい話」なんて、どうせろくなものではない。不機嫌を隠さず尋ねれば、「顔見世の初日が取れた」と手柄顔で自慢された。

「しかも、いま一番勢いのある市村座の桟敷だぜ。おめぇはずっと家に閉じこもっていやがったから、芝居見物なんてしたことがねぇだろう。顔見世の桟敷はそりゃ華やかで、芝居がはねたら人気役者を呼ぶこともできるんだ。市村座に行くときは、おめぇももっと着飾ってこい」

手前勝手に話を進められ、お亀久はムッとしてしまう。

普通の町娘が顔見世の桟敷に誘われたら、手を叩いて喜ぶだろう。だが、自分はそんな娘と違うと、短い首を横に振った。

「な、何でだよ」

「せっかくのお誘いだけど、遠慮させてもらうわ」

「あたしは暇を持て余しているお嬢さんとは違うの。産婆見習いの仕事を休んで、芝居見物なんてできないわ」

芝居は明け六ツ（午前六時頃）から始まり、暮れ七ツ（午後四時頃）に終わると聞いている。芝居見物は金だけでなく、時間だってかかるのだ。

産婆はいつお呼びがかかるかわからないと断れば、紀次は不満そうに鼻を鳴らした。

「ふん、おめぇにできることなんざ、どうせ産湯《うぶゆ》を沸かすくれぇだろう。居ても居なくともおんなじじゃねぇか」

「う、うるさいわねっ。お産は真実、人の命がかかっているのよ。幕を引いたら死人が生き返る芝居なんかと違うんだから」

まんまと図星を指されてしまい、お亀久はついむきになる。すると、紀次は男らしい眉を撥ね上げた。

「おめぇが言う通り、役者は真実、死ぬわけじゃねぇ。だが、どんな役者も命がけで己の役を演じている。ろくすっぽ芝居を観たこともねぇくせに、知ったふうな口を叩くんじゃねぇや」

急変した相手の剣幕に、お亀久は知らず唾を呑む。紀次によれば、ご老中によるご改革の波は三座にも押し寄せているという。

「去年の春、市中で縮緬《ちりめん》の振袖を着ていた菊之丞は、町方役人に捕らえられて番屋で振袖を取り上げられた。その後も舞台衣装や大道具が『豪華すぎる』とケチをつけられ、何度もお上の横やりが入っているんだ」

「そ、そうなの」

「締め付けがもっと厳しくなれば、芝居興行そのものができなくなりかねねぇ。そうなる前におまえに見せてやりたくて、芝居茶屋に無理を言ったんだぞ。ちったぁ、喜んだっていいだろうが」

紀次の口ぶりが徐々に怒りから悲しみに変わっていく。お亀久は内心うろたえた。

「だって……いきなり、そんなことを言われても……」

「産婆がお産に備えて出かけることができねぇなら、役者だって興行中は舞台を離れられやしねぇ。親が危篤と知らされたって、最後まで演じる覚悟を決めている。おめぇはそれでも『芝居なんか』と馬鹿にするのか」

そんなふうに言われれば、何も知らない自分は言い返せない。

しかし、紀次との縁談を受けるつもりがない以上、一緒に芝居見物をするのはまずい。どうしようと悩んでいる間に、紀次は「もういい」と吐き捨てて座敷を出ていってしまう。お亀久は気まずさを噛みしめながら、両親が来る前に坂田屋から逃げ出した。

言われてみれば、誰だって半端な芸に高いお金を出したりしないわ。目の肥えた江戸っ子が夢中になるほど三座の芝居はすごいんでしょうね。

八丁堀《はっちょうぼり》への帰り道、お亀久は己の思い込みを反省した。

とはいえ、今後も芝居を観る機会はないだろうと思っていたら、意外にもおタネ様から芝居見物に誘われた。

「書物問屋の大黒堂《だいこくどう》さんが市村座の桟敷に招いてくれたのさ。あすこの恵比寿講に顔を出したとき、あたしが『芝居を観たことがない』と嘆いていたのを覚えていたみたいでね」

上機嫌で語られて、お亀久は目を瞬《しばたた》く。これまで忙しかったおタネ様が芝居を観たことがないのは知っていたが、観たがっていたとは知らなかった。

さらに聞けば、大黒堂が手配したのは十一月十日の桟敷だとか。それなら紀次と鉢合わせする恐れもなく、まさしく渡りに船である。

ちらりとお稲の顔を見れば、小太りの産婆はうなずいた。

「仕事はあたしとおゆきでやるからさ。あんたが供をしておくれ」

「はい、承知しました。ところで、おタネ様は目当ての役者がいるんですか」

役者の噂や錦絵は江戸の巷《ちまた》にあふれている。お亀久が何気なく問いかけると、「もちろんさ」と返された。

「おや、それは初耳だ。一体誰です」

興味津々のお稲におタネ様は照れくさそうに打ち明けた。

「役者と言えば、やっぱり中村仲蔵《なかむらなかぞう》だよ。さんざん苦労に苦労を重ね、上々吉《じょうじょうきち》の千両役者になったお人だ。きっと、あっと驚く芝居を見せてくれるだろう」

満面の笑みで告げられて、お亀久は知らず息を呑む。おタネ様のお目当てはすでに死んでいたからだ。

江戸の名題役者の中でも、中村仲蔵は異色の存在である。『仮名手本忠臣蔵《かなでほんちゅうしんぐら》』の五段目に登場する端役の悪党、斧定九郎《おのさだくろう》を黒羽二重に博多帯という浪人らしい姿で演じたことが評判になり、大部屋役者から座頭《ざがしら》にまで上り詰めた。芝居に興味のないお亀久だって、その名と評判は知っていた。

だが、出不精の年寄りはその死を知らなかったらしい。ウキウキと仲蔵が好きな理由《わけ》を語り始めた。

「仲蔵の定九郎が世間の話題を攫《さら》っていた頃、あたしはよく貧しい夫婦に頼まれて、生まれた赤ん坊を里子に出す手伝いをしていたんだよ。首も据わらないうちにもらわれる赤ん坊の将来《さき》を思うたび、こっちの胸まで苦しくなってね。そんなときに仲蔵が養父母に育てられたと聞いたのさ」


しかも、その養父母は三座の役者ではなかった。血筋がものを言う芝居の世界で、仲蔵は己の才と努力だけで人気役者になったのである。それはどんな生まれでも、自らの力で浮かび上がれるという証明だ。「仲蔵が出世してくれたおかげで、どれだけ希望が持てたかわからない」と、おタネ様は目を細めた。

「近頃はあまり噂も聞かないけれど、ようやく錦絵じゃない本物が観られるんだ。いまから楽しみで仕方がないよ」


年甲斐もなくはしゃいだ声を上げられて、お亀久は着物の下で冷や汗をかく。どうしたものかと思っていたら、お稲が申し訳なさそうに口を開いた。

「おタネ様、その話を大黒堂の旦那にしましたか」

「そういや、言わなかった気もするね。ひょっとして、仲蔵は市村座じゃないのかい」


すでに主たる役者の座組みは公にされているけれど、あいにくそういうことではない。お稲は小さく頭《かぶり》を振った。

「いえ、仲蔵は今年の四月に亡くなったんです」

よほど言いづらかったのか、お稲は下を向いて言う。おタネ様はしばし言葉をなくし、「何てこった」と天を仰いだ。

「あたしよりうんと若いのに、先に死んじまうなんて……。きっと長年の苦労が祟ったんだよ」

涙ぐむ年寄りをお亀久は黙って見守った。仲蔵は五十五だったので、早死にというほどではない。それでも、おタネ様よりずっと若かった。

「こんなことなら、もっと早く観に行けばよかったよ。後悔先に立たずとは、このことだねぇ」

「おタネ様、元気を出してくださいな。他にもいい役者はいます」

「そうですよ、團十郎や幸四郎《こうしろう》だっていますから」

慰め顔のお稲に続き、お亀久も人気役者の名を挙げる。ややあって、おタネ様は吹っ切るように顔を上げた。

「そうだね。ここでメソメソしていたって、仲蔵が生き返るわけじゃない。あたしだっていつぽっくり逝くかわからないもの」

いきなり弱気になった年寄りに、お亀久は慌てて「縁起でもない」と打ち消した。

そして迎えた芝居見物当日、演目は『伽羅先代萩《めいぼくせんだいはぎ》』である。

お家騒動に揺れる大名家で命を狙われる若君を守るため、乳母はかわいい我が子を身代わりにする。死んだ我が子を抱きしめて、乳母が涙ながらにほめ讃える場面では、多くの客がすすり泣いた。

お亀久もすっかり見入ってしまい、涙を抑えられなかった。これを「死んだふりだ」と馬鹿にされたら、紀次でなくとも怒るだろう。幕が開いている間、舞台の上で起こることは真実なのだ。

感動しきりのお亀久の隣で、お夕ネ様はどこか上の空だった。

二

顔見世興行が終わると、師走《しわす》に入る。

赤い布で顔を隠した「節季候《せきぞろ》」は手製の四ツ竹を打ち鳴らし、「せきぞろ、せきぞろ」と声を上げて家々を回る。江戸っ子はその声を聞きながら、暮れの払いと正月の支度に追われるのだ。

仲蔵を観られなかったお夕ネ様だが、芝居そのものは気に入ったらしい。「年が明けたら、中村座を観に行きたい」と言い出して、お稲の顔を青くさせた。

毎度誰かが都合よく桟敷に招いてくれる訳じゃない。この不景気に金のかかる遊びを覚えられちゃ、頭も痛くなるわよね。

それでなくとも、師走は産後間もない嫁ですらこき使われるほど忙しい。そこへ産婆が顔を出せば、邪魔者扱いされるのだ。

だが、産婆と会っている間、嫁は休むことができる。足手まといのお亀久はおとなしく留守番をしていたが、お稲の顔色は日増しに悪くなっていく。見かねて九日の晩、おタネ様が休んでからお稲にそっと声をかけた。

「あの、お稲さん。困ったことがあるのなら、あたしにも教えてくださいな。半人前の見習いでも力になれるかもしれません」

仕事のことは役立たずでも、金のことなら父に相談したっていい。そんな思いで切り出せば、お稲はゆっくり顔を上げた。

「そうだね。いずれわかることだもの」

お稲はそう前置きして、「おタネ様から年が明け次第、ここの軒燈《けんとう》をあたしの名に替えると言われた」とお亀久に告げた。

「いまじゃ産婆仕事の大半をあたしがしているとはいえ、うちの客は産婆の神様を頼ってくる人ばかりじゃないか。それを承知でこれからはすべてあたしに任せ、産婆を辞めるとおっしゃるんだよ」

おタネ様は仲蔵の舞台を観そこなったことがよほど悔しかったのだろう。「これからは長年後回しにしてきたことをやる」と言い出したとか。

「七十二の年寄りにそんなことを言われたら、こっちは引き留められやしない。とはいえ、あたしの腕はまだまだおタネ様に及ばない。これから先のことを思うと、気が重くて仕方がないのさ」

寝耳に水の話に驚き、お亀久は束の間呼吸《いき》を忘れた。

寄る年波で普段はゴロゴロしているお夕ネ様だが、病を患っているわけではない。お稲が手に負えないお産のときは十も二十も若返り、真っ赤なタスキがけできびきび動いていたではないか。産婆の神様が産婆を辞めてしまったら、ただの年寄りになるだけだ。

第一、こっちはお夕ネ様に誘われて産婆見習いになっている。勝手に辞めるなんて無責任だと文句を言えば、すかさずお稲に叱られた。

百姓や漁師、出職の職人は雨が降るたび仕事を休む。商家だって月に何度か休みを設けられるのに、産婆は自分の都合で休めないと、お稲は言った。

「あらかじめ臨月はわかってても、産気づく日時まではわかりゃしない。早産や流産で突然呼ばれることもある。いざという時にすぐ駆けつけようと思ったら、家にいるしかないじゃないか」

もちろん、そこまで気を遣う産婆は多くない。

しかし、お夕ネ様は「あたしが遊びに出かけたせいで、人が死んだら後生が悪い」と、極力外出を避けてきた。

「七十を過ぎてようやく芝居見物に行こうとしたら、目当ての役者は死んでいた。それでも気を取り直して出かけてみれば、芝居を演じている間、芝居小屋は人が入ってこられないだろ。もしも誰かが呼びに来ても、幕間まで待つことになる。お夕ネ様はそれを知って落ち着かなかったそうなのさ」

ため息混じりに告げられて、お亀久は桟敷にいたときのおタネ様の様子を思い出す。やけにそわそわしていると思ったが、いまの話で腑に落ちた。

「それでも芝居を観ているうちに、気が変わったと言うんだよ。仲蔵が死んだって市村座は大入り満員だ。どれほどもてはやされようと、役者の代わりはいくらでもいる。産婆だっておんなじだって」

稀代の名優が死んでも、すぐに新たな人気役者が生まれる。「自分が老骨に鞭打って仕事を続けるまでもない」とおタネ様は痛感したらしい。

だが、お亀久はその言い分に腹が立った。

「なら、あたしがおタネ様にお願いします。役者が下手でも観ている客は死なないけれど、産婆が下手だと客の命に関わりますって」

見習いになって一年が過ぎ、これから本格的な産婆修業が始まるのだ。憧れの役者が死んだからって、未熟な弟子と天職を放り出すとは何事か。お稲も本音は同じだろうと思ったが、意外にも首を横に振られた。

「おタネ様は七つからずっと働き続けてきた人だ。老い先短い年寄りを無理やり働かせるなんて、あまりにも酷な話じゃないか」

おタネ様は桶職人の子として生まれ、六つのときに母親が流行病《はやりやまい》で亡くなった。恋女房に先立たれた父親は酒浸りになってしまい、おタネ様はわずか七つで住み込み奉公に出されたという。

「その奉公先が産婆の家でね。おタネ様は下働きをしながら家主の仕事ぶりを見て、赤ん坊の取り上げ方を覚えちまったそうなんだ」

そしておタネ様が十六のとき、往来で破水した女が奉公先に担ぎ込まれた。女の股の間からは赤ん坊の頭が見えていたが、あいにく産婆は出かけていた。他の産婆を呼びに行く暇もなく、おタネ様は無我夢中で赤ん坊を取り上げた。それが世間の評判となり、下女中からろくすっぽ見習いもせずに、そのまま産婆になったとか。

「あたしがおタネ様に弟子入りしたのが、いまから十八年前の安永元年《あんえい》（一七七二）だ。その十年後に一人前の産婆として認めてもらいはしたものの、厄介なお産はすべておタネ様の手を借りてきた。まったく、情けない話だよ」

自分が不甲斐ないせいで、おタネ様に仲蔵を見せてあげられなかったと、お稲は思い切り顔をしかめた。

「これ以上七十過ぎの年寄りに頼っちゃいけない。後は任せてくださいと、あたしは胸を叩かなくっちゃ」

お稲の言うことは一から十までもっともだ。何より、お稲がそのつもりなら、一番の下っ端がとやかく言える筋合いではない。お亀久は不本意ながら言いたいことを呑み込まざるを得なかった。

翌日、その話をおゆきにしたところ、「おタネ様が産婆を辞めて、何が悪いの」と言われてしまった。

「明けて七十三の年寄りを働かせるのは気の毒よ。本人の望む通りにしてあげればいいじゃないの」

「でも、おタネ様でないと助けられないこともあるでしょう」

「だからって、死ぬまで働かせるつもりなの？　普通ならとっくに隠居どころか、死んでいる年なのよ」

頭ではおゆきの言う通りだとわかっていても、お亀久は認めることができない。恨めしそうに相手を見れば、おゆきが「あたしだって」と眉を下げる。

「おっかさんと二人で暮らせるお金があれば、産婆になりたいなんて思わなかった。お稲さんに頼み込んで通いの産婆見習いになったのは、男に媚《こび》を売らなくとも稼げると思っただけだもの」

身も蓋もない本音を聞き、お亀久はたまらず言い返した。

「人が働くのはお金のためだけじゃないでしょう。あたしは人の役に立つ仕事だから、産婆になりたいと思ったのよ」

「あんたは金の苦労をしたことがないから、そんなきれいごとを言うんだよ。世の中の大半は金のために働くんだ」

おゆきはきっぱり断言して、おタネ様の気持ちを決めつけた。

「おタネ様だってもう働きたくないはずよ。年を取れば身体も頭も衰えて、何でも面倒臭くなるんだから。この先も無理して産婆を続け、お産をしくじったらどうするのさ」

「おゆきさん、馬鹿なことを言わないで。おタネ様に限ってしくじったりするもんですか」

産婆は若さよりも経験がものを言うはずだ。

その証拠に、おタネ様はかつて助けられなかった逆子すら無事に取り上げている。お亀久はそう言いかけて、ふと父の前で交わしたやり取りを思い出した。おタネ様は「いまだってお産が怖くて仕方ない」と言っていたのだ。

芝居見物はただの口実で、本音は肩の荷を下ろしたいのかしら。だとしたら「産婆を続けてほしい」と頼むのは、あたしのわがままかもしれないけれど……。でも、おタネ様が産婆を辞めたら、命を落とす母子がきっと増える。おタネ様はそれでも構わないの？

お稲やおゆきの言い分もわからないわけではないだけに、ひとりだけ意見の違うお亀久は途方に暮れた。

そして煤払いもすんだ十四日の朝、檜物町《ひものちょう》の金創医《きんそうい》、土屋伯陽がおタネ様を訪ねてきた。茶の間に通して話を聞くと、妻のお伊代《いよ》が身籠ったという。

「それはおめでとうございます。先生もこれで父親ですね」

お稲とおゆきは客の家を回っている。お亀久は炬燵《こたつ》に肩までもぐっているおタネ様に代わり、祝いの言葉を口にした。

「ああ、ありがとう。今度こそ母子ともに無事であってほしいと願っておる」

お伊代は土屋の後添いで、最初の妻は難産の末、腹の子ともども亡くなっている。土屋が「今度こそ」と力を込める気持ちはよくわかった。

「ついては、妻のお産におタネ殿の手を借りたい。どうかよろしく頼む」

いきなり頭を下げられて、お亀久はおタネ様を見る。年寄りの産婆はこれ見よがしにあくびをした。

「先生は三十半ばに見えるけど、御新造様はおいくつだい。まさか、三十路《みそじ》の初産《ういざん》じゃなかろうね」

お産はすべて命がけだが、年を食ってからの初産はさらに危険が増してしまう。土屋は居心地悪げに身じろいだ。

「安心しろ。妻は初産だが、二十五だ」

しかも、南町奉行所吟味方与力《ぎんみがたよりき》の三女だと教えられ、お亀久もおタネ様と一緒に目を剝《む》いた。

「与力様のお嬢さんが、どうして年の離れた町医者の後添いなんかになったんだい」

お亀久が思っても言わなかったことをおタネ様は口にする。不躾《ぶしつけ》な問いかけに、土屋は口元を引きつらせつつ白状した。

「町方役人はお役目柄、金創医と関わりが深い。悪党の探索や捕縛の際に怪我をした同心の手当てをしているうちに、与力様のお目に留まったようでな」

上の娘は二人とも格上の家に嫁いで苦労した。いっそ、町人に嫁いだほうが幸せになれるだろうと、先方から縁談を持ちかけてきたそうだ。

「最初はお伊代の年を聞き、わしも遠慮したのだが……その、どうしてもと言われてしまい……」

照れくさそうな土屋にはすまないけれど、お亀久は見ず知らずのお伊代に同情した。きっと親に命じられて、泣く泣く嫁いだに違いない。

一方、おタネ様は感心したようにうなずいた。

「そういうことなら先生はせいぜい長生きして、御新造様と生まれてくる子を大事にしておやんなさいよ」

「言われなくともわかっておる。だからこそ、こうして頼みに来たのだ」

先妻が身籠ったとき、土屋は忙しさにかまけて何もしなかったのだという。

女は生まれつき子を産むようにできている。病や怪我ではないのだから、放っておいても勝手に生まれるだろうと高を括っていたそうだ。

しかし、赤ん坊はへその緒が首に巻きつき、産声《うぶごえ》を上げることができなかった。先妻も死産と知って力尽き、産婆は妻子を亡くした土屋に「気の毒だが、よくあることです」と告げたらしい。

「わしも医者として、手を尽くしても助けられなかったことはある。だが、妻子の死を『よくあること』で片づけられてはたまらない。以来、仕事の合間に賀川玄悦《かがわげんえつ》の『産論《さんろん》』を読み、産科術を学んできた。できることなら自らの手で我が子を取り上げたかったが、お産に関しては素人《しろうと》だ。実際に手を出すのはおタネ殿に任せ、わしは立ち会わせてもらう」

お伊代は身籠って四月というところで、つわりも収まってきたという。土屋夫婦の事情を知り、おタネ様は腕を組む。

「金創医の先生が立ち会うなら、こっちは願ったりですよ。御新造様のお産の手伝いはお稲がやらせてもらいますから」

おタネ様がさらりと言えば、土屋の目つきが険しくなった。

「わしはおタネ殿に頼んでおる。なぜ他の者に任せるのだ」

聞き捨てならんと凄まれて、おタネ様は一瞬ためらう。そして、ちらりとお亀久をうかがい、ため息混じりに白状した。

「あたしは今年で産婆を辞めることにしたんです。来年の夏に生まれる赤ん坊を取り上げることはできません」

「な、なぜ急にそのような……さては、病を患ったのか」

「ええ、どんな名医も匙を投げる老いという病でね。死ぬまで治る見込みはござんせん」

おタネ様のふざけた台詞《せりふ》に、土屋は苦虫を噛み潰す。

「そういうことなら、最後に妻のお産を手がけてくれ。わしは今度こそ、この手で我が子を抱きたいのだ」

この春、おタネ様は会陰を切って逆子の赤ん坊を取り上げている。食い下がる土屋をお亀久は身勝手とは思わなかった。

何しろ、大事な妻子の命がかかっている。日々生死と向き合う医者だからこそ、万全の備えをしておきたいと思うのだろう。

おタネ様もここまで言われれば、少しは絆《ほだ》されるんじゃないかしら。土屋先生には借りもあるんだし。

期待を込めて見つめたが、おタネ様は譲らなかった。

「初産は長引くことが多いんだ。いまにも死にそうな老いぼれより、お稲のほうが頼りになりますって」

「では、お稲殿とおタネ殿の二人に頼もう。それならば否やはあるまい」

土屋はすかさず言い返したが、おタネ様は頭を振った。

「あたしは五十年以上も産婆を続けて、すっかりくたびれちまったんです。先生は誰よりもあたしの気持ちがわかるはずだよ」

刃物傷を扱う金創医は一刻を争う怪我人を相手にすることも多い。土屋は顔をしかめた後、「また来る」と言い捨てて出ていった。

三

お亀久の深い悩みをよそに、時はどんどん過ぎていく。

師走も半ばを過ぎてしまえば、世間はますます気ぜわしくなる。特に本日二十日から、世間では歳暮廻りも始まった。

今朝は幸い風もなく、年の瀬にしては暖かい。絶好の歳暮日和だと思いつつ、お亀久は外へ飛び出した。いまから神田に住むお夕ネ様の産婆仲間に会いに行くのだ。

——そんなにお夕ネ様を引き留めたいなら、神田岩本町《かんだいわもとちょう》に住むお松さんに相談してごらんよ。あの人の言葉なら、お夕ネ様も耳を貸すかもしれないから。

自分より顔色が冴えなくなったお亀久を憐れんだのか、お稲がこっそり知恵をつけてくれた。神田岩本町のお松と言えば、油問屋日野屋の内儀、お磯のお産をお夕ネ様と共に扱った産婆である。当然、お夕ネ様とは長い付き合いだろう。

そんな産婆仲間から「あたしも頑張るから、一緒に産婆を続けてほしい」と頼まれたら、お夕ネ様も考え直すかもしれない。

お亀久は小走りで八丁堀を出て江戸橋を渡り、神田に向かう。その途中で餅つきをしている人たちに出くわして、ふと足を止めてしまった。

いまごろは坂田屋でも餅をついているでしょうね。おとっつぁんやおっかさんは元気かしら。

十月に実家に戻ったときは紀次と二人きりにされて、芝居見物について言い争いになった挙句、喧嘩別れをしてしまった。お亀久はその数日後に実家へ戻り、父に懇願したのである。

――お願いだから、あたしと紀次さんを無理にくっつけようとしないでちょうだい。あたしは許婚の弟と一緒になる気はないんだから。

――紀次さんは命の恩人だけど、紀一郎さんとよく似ているわ。あの顔を見ると、紀一郎さんを思い出してつらいのよ。

お亀久は「産婆になりたいから、嫁に行きたくない」とは言わず、「消えた許婚に似ている人と顔を合わせたくない」と訴えた。すると、父も思うところがあったのか、その後は女中が様子を見にくるだけで、「戻ってこい」とは言われていない。

しかし、正月は顔を出さないわけにもいかないだろう。

久しぶりに顔を合わせたら、また「産婆になるのをあきらめて、帰ってこい」と言われるかしら。それとも、紀次さん以外と見合いをしろと言われるかも……。

来年のことを考えると、どんどん気が塞いでくる。お亀久は餅つきの周りではしゃぐ子供をうらやましく思いながら、再び北へ歩き出した。そして、お稲に教えられたお松の住まいにたどり着き、戸口の前で声をかける。

「あの、産婆のお松さんはいらっしゃいますか」

「はいはい」

勢いよく腰高障子を開き、中から出てきた人を見て、お亀久は目を丸くする。

その人は年寄りながら背が高く、腰もしゃんと伸びていた。小柄なお夕ネ様とは正反対で、お亀久は恐る恐る確かめる。

「あの、あなたが産婆のお松さんですか」

「そうだけど、あんたはどこの何様だい」

お亀久をひと目見ただけで、身籠っていないと察したのだろう。産婆に用がないなら帰れと言いたげに、お松は仁王立ちで腕を組む。お亀久は我に返って頭を下げた。

「あ、あたしは八丁堀のお夕ネ様の産婆見習いで、亀久と言います。今日はお松さんにお願いがあってうかがいました」

「おや、お夕ネ様のところの新入りかい。どんなお願いだか知らないが、寒いから中にお入りよ」

お松はコロリと機嫌を直し、お亀久を家に上げてくれた。

しかし、こちらの頼みを聞くと、険しい顔で考え込む。

「お夕ネ様が産婆を辞めると決めたのなら、あたしだって止められないよ。この際、あたしも辞めるかねぇ」

「そんな……どうしてですか」

見るからに年寄りなお夕ネ様と違い、お松は十分元気そうだ。ここでお松も「産婆を辞める」と言い出したら、お夕ネ様がますますその気になってしまう。焦って理由を尋ねれば、お松はつらそうに眉をひそめた。

「ほんの数日前、母子ともにお産で亡くなってね。母親の腹が尋常ではなく大きくなっちまったから、難産になると覚悟はしていたけれど……」

腹の子が育ちすぎると、出産時の妊婦の負担が増す。お松は懸命に妊婦を励ましたが、お産に時間がかかり過ぎて、赤ん坊は死産になった。母親も出血が多すぎて、間もなく息を引き取ったとか。

「残された亭主は泣いて、泣いて……あたしはその姿を見ながら、考えずにはいられなかった。十年前のあたしなら、助けられたんじゃないかってね」

「でも、産婆は経験がものを言うんでしょう。いまのお松さんに無理なことが若いころにできたとは思えません」

お亀久は異を唱えたが、お松は首を横に振った。

「いくら経験が増えたって、頭の巡りが遅くなったらおしまいさ。もっと早くに腹の子をあきらめていれば、母親は助かったかもしれないんだ」

「でも……」

とっさに言い返しかけたものの、うまい言葉が出てこない。ややしてお松が遠い目をして呟いた。

「あたしより年上のおタネ様がいまも産婆を続けている。先に辞めるわけにはいかないと今日まで続けてきたけれど、お互いに潮どきなんだろう」

「いいえ、そんなことはありません」

自分がここに来たせいで、江戸から熟練の産婆が揃っていなくなってしまう。青くなって引き留めると、お松はかすかに苦笑した。

「そう困った顔をしなくたっていいじゃないか。あたしが産婆を辞めるのは、お嬢さんのせいじゃないからさ」

だが、自分がここに来なければ、お松はもっと産婆を続けたに違いない。うなだれて八丁堀に戻ったお亀久はおタネ様の家に入ろうとして、背後から声をかけられた。

「あの、ここは産婆のおタネ殿のお住まいでしょうか」

「はい、そうですが」

返事をして振り返れば、相手は絹の綿入れを着た二十五、六の中年増だった。おゆきのような目を引く器量よしではないけれど、いかにも育ちのよさそうなおっとりとした面立ちである。

お稲とおゆきは仕事に出かけ、家にはおタネ様しかいない。客の訪れに間に合ってよかったと思いつつ、念のため確かめた。

「あの、ひょっとして、お待たせしましたか」

「いいえ、いま来たところです」

お亀久は今度こそ安堵して、「お入りくださいと笑顔で促す。相手も笑みを浮かべてうなずいた。

「では、お言葉に甘えまして。私は土屋伯陽の妻、伊代と申します」

土屋に続き、身重の妻が自ら乗り込んできたらしい。お亀久がその場で動きを止めると、お伊代はさらに笑みを深めた。

「あなたは坂田屋さんのお嬢さんでしょう。坂田屋さんにはいつも夫がお世話になっております」

お伊代はお伊代で土屋から話を聞いているらしい。ひと目で素性を言い当てられて、お亀久は仕方なくうなずいた。

「は、はい、坂田屋壮一の娘で、亀久と申します。土屋先生には父ともどもお世話になっておりまして」

札差は旗本御家人と縁が深い。与力の娘に失礼があってはいけないと、お亀久は再度頭を下げた。

「いいえ、こちらこそ。本当は夫とうかがうはずでしたが、時節柄怪我人が途切れません。やむなく私がひとりでお願いに参りました」

師走は金に絡んだ諍《いさか》いが増え、刃傷沙汰も多くなる。お亀久は相手の言い分に納得して、まずは自分が家に上がる。そして炬燵で寝ているおタネ様を素早く起こし、お伊代を茶の間に招き入れた。

寝起きで機嫌の悪いおタネ様に客の素性を教えれば、忌々《いまいま》しげに舌打ちされた。

「身重の女のひとり歩きは感心しないね。檜物町からはそれほど離れちゃいないけど、暮れの人混みに押されて、転びでもしたら大事だよ。何より、冷えは禁物だ。早く炬燵にあたっとくれ」

「いえ、つわりは収まりましたし、今日はいくらか暖こうございます。お気遣いだけ頂戴します」

お伊代が応えている間に、お亀久は茶葉を手早く焙《ほう》じる。熱いほうじ茶を差し出すと、お伊代は笑顔で礼を言った。

「恐れ入ります。では、改めましてご挨拶を。私は土屋伯陽の妻、伊代でございます。本日は産婆の神様にお願いがあって参りました」

深々と頭を下げられて、炬燵にもぐったままのおタネ様は決まり悪げに咳払いした。

「そりゃ、おあいにく様でした。あたしゃただの産婆で、神様なんかじゃござんせんよ」

「ですが、どんな難産でも必ず赤子を助けてくださると夫から聞きました。私はおタネ殿のことを存じませんが、夫のことは信じております。どうか、私と腹の子を助けてくださいませんか」

堂々と「夫を信じる」と言うお伊代に、お亀久は内心目を瞠《みは》った。

親に命じられて嫌々嫁いだとばかり思っていたが、夫婦仲はいいようだ。これなら二人の間に生まれた子も大事にされるだろう。ひそかに喜ぶお亀久とは裏腹に、おタネ様はますます不機嫌になる。

「勘弁しとくれ。あたしゃ明けて七十三になるんだよ」

お伊代本人に頼まれても、おタネ様の決意は変わらない。お亀久はがっかりしたけれど、断られたお伊代は動じなかった。

「ですが、お年のわりにお元気そうではありませんか。なぜ、いま産婆を辞めるのです」

おっとりとした見た目に反し、お伊代はしぶとく食い下がる。おタネ様は目を吊り上げた。

「いくら土屋先生の御新造様でも、初めて会ったお方にわざわざ教える義理はないよ。別にあたしじゃなくたって産婆はいくらでもいるだろう」

「そのたくさんの産婆の中から、夫はおタネ殿に白羽の矢を立てたのです。夫を納得させるためにも、どうか産婆を辞める理由《わけ》をお教えくださいさい」

お伊代は背筋をまっすぐ伸ばし、炬燵から生えているようなしわ深い顔をじっと見る。お亀久はたまらず口を出した。

「実は、中村仲蔵の死がきっかけで」

「お亀久、余計なことを言うんじゃないよ」

目の前で告げ口しようとすれば、おタネ様に叱られる。いつもならそこで引くのだが、今日は口が止まらなかった。

「でも、あたしだって納得していません。お夕ネ様はそんなにも芝居見物をしたいんですか」

すると、お夕ネ様は天を仰いで目を覆い、お伊代は目を剝《む》いてお夕ネ様を見た。

「よもや、芝居見物をするために産婆を辞めるというのですか」

「ああ、もうみっともないったら。お亀久、後で覚えてなよ」

お夕ネ様は恨めしそうにこっちを睨み、渋々自らの思いを打ち明けた。仲蔵の芝居を観られなかったことよりも、仲蔵の死がこたえたのだと。

「二十近く年下の男が自分より先に死ぬなんて、誰も思いやしないじゃないか。こっちは長らく仲蔵の芝居を冥途《めいど》の土産《みやげ》にする気だったのに」

とはいえ、人の死は必ずしも年の順とは限らない。気を取り直して芝居に行けば、上々吉の役者が死んでも客は大入り満員だ。最初はそれが癪《しゃく》だったが、すぐに違うことを考え始めた。

人気役者が亡くなっても、芝居興行はびくともしない。

それに引き換え、自分が死んでしまった後、お稲はやっていけるだろうか。お夕ネ様はにわかに不安を覚え、すぐに身を引くことにしたという。

「あたしが産婆を続ける限り、お稲はあたしを当てにする。あたしだってお稲のやることを黙って見ちゃいられない。すっぱり辞めなきゃ駄目なのさ」

「でも、お稲さんはお夕ネ様にまだ及ばないって」

「だからって、いまのまんまじゃお稲の腕は上がらないよ。あんたはそれでもいいのかい」

おタネ様の言い分はよくわかるし、お稲もそのつもりでいるのだろう。

だが、お稲が腕を磨く前に、命を落とす赤ん坊は出ないのか。お亀久が悩んでいる隙に、お伊代は炬燵ににじり寄る。

「そういうことならなおのこと、おタネ殿は産婆を続けてくださいませ。仲蔵は客がひとりでもいる限り、舞台に立つと申しておりましたよ」

裕福な与力の娘は何度も三座の芝居を見物している。天下の中村仲蔵とも芝居茶屋で話をしたことがあるそうだ。

「あれはいくつのときでしたか。初めて会う人気役者にのぼせてしまい、『大勢の前で芝居をするなんて、怖くないのか』と尋ねたのです」

目立つことを極力避ける武家娘にとって、大勢の前で何かするなど恐怖以外の何物でもない。そんな世間知らずの問いかけに、仲蔵は「客がひとりもいない方がはるかに恐ろしゅうございます」と笑ったとか。

「そして、『親が死のうが、子が死のうが、舞台に立つのが役者の務め。舞台に立つのが嫌になったら、そいつは役者じゃござんせん』と胸を張っておりました。おタネ殿が役者に倣うおつもりなら、客である私を蔑ろにされては困ります」

「別に蔑ろにしたわけじゃないさ。お稲だって一人前の産婆だよ」

憧れの役者を引き合いに出されてしまい、おタネ様の声が小さくなる。お伊代は一段声を強くした。

「私は土屋伯陽の妻として、夫の子を産み、育てる務めがございます。万が一にも命を落とすわけにはまいりません。取り越し苦労と言われましても、できる限りの手を尽くしたいのです」

並々ならぬお伊代の覚悟におタネ様が黙り込む。お亀久は迷った末に自分の考えを言わせてもらうことにした。

「おタネ様のお考えはわかりました。でも、おタネ様が産婆を辞めた後で、死産になれば――お稲さんはきっと己を責めます」

「そりゃ、産婆の宿命さ。あたしだって昔はそうだった」

「でも、『おタネ様なら助けられた』とお稲さんに言われたら、おタネ様だって後悔しませんか」

両手を胸の前で握りしめ、己の思いを訴える。おタネ様には自分のような後悔を背負ってほしくなかったから。

「あたしはいまでも折に触れ、あたしをかばって斬り殺された魚屋の加吉さんを思い出します。以前《まえ》は役立たずなあたしより、加吉さんが生き残ったほうがはるかによかったのにと思っていました」

もちろん、かどわかされた本人に周りはそんなことを言わない。死んだ加吉の女房ですら、お亀久の幸せを願ってくれた。

それでも家に籠っていた六年間、お亀久は自分を責め続けた。産婆見習いになったいまもその思いは消えていない。

「精一杯手を尽くした結果なら、あきらめもつくでしょう。でも、何もしなかった、できなかった後悔は一生ついて回ります。おタネ様はそれを承知で、産婆を辞めるつもりですか。死んだ人は二度と戻りませんよ」

震える声を振り絞れば、おタネ様が炬燵から身を起こす。ややして、観念したように大きく息を吐きだした。

「あんたもこの一年で、ずいぶん言うようになったじゃないか」

じとりと睨みつけられて、お亀久の背筋に寒気が走る。

だが、言ったことは本心なので、開き直ることにした。

「はい、おタネ様やお稲さんに鍛えられました」

「よく言うよ。このあたしに脅しをかけるなんていい度胸だ。これが『取り上げた子に教えられ』ってやつかねぇ」

しわの寄った口をすぼめてぼやいてから、おタネ様はお伊代のほうを見た。

「よりによって、仲蔵を引き合いに出されちゃ仕方がない。土屋先生のお望み通り、あたしも産婆として手伝いましょう。お稲の手に負えないときは、あたしがこの手で取り上げますよ」

望んだ返事を得てホッとしたのか、お伊代は満面の笑みを浮かべた。

「おタネ殿、感謝いたします」

「御新造様も気が早いね。礼なら赤ん坊が無事に生まれたときに言っとくれ」

お伊代は「はい」とうなずいて、「ですが」と小さく首を傾《かし》げた。

「これだけはいま言わせてください」

「何だい」

「いまおっしゃった『取り上げた子に教えられ』は、いささかおかしゅうございます。そこは『負うた子に教えられ』でございましょう」

大真面目に正されて、お亀久は思わず噴き出した。

四

その晩、お稲とおゆきはいつもより疲れた様子で帰ってきた。

聞けば、身重の古手屋《ふるてや》の女房が掛け取りに出されそうになり、お稲は亭主と言い争ったという。

「女房はすっかり腹が大きくなって、いまじゃ足元だって見えないんだよ。店番を女房にさせて、自分が掛け取りに行けばいいじゃないか」

そもそも、その店は掛けで古着を売らない。だが、町内の若い衆に頼まれて花見の茶番の衣装を用意して、その払いがいまだに残っているのだとか。

「腹の大きな女に『払ってください』と縋《すが》られりゃ、向こうだって逃げられまいと、亭主は言っていたけどさ。そんな気の利く相手なら、暮れまで借りっぱなしにするもんか。縋りついたところを振り払われたらどうすんだい」

憤りもあらわにまくし立てるお稲を横目に、おゆきはそそくさと帰っていく。おタネ様は呆れ顔で「ちったぁ落ち着きな」と窘《たしな》めた。

「あんたがその亭主と口争いをしている間、当の女房はどうしていたのさ」

「傍でオロオロしていましたよ。根っからおとなしい人なんです」

お亀久の周りは気の強い女ばかりだけれど、世間には男に逆らえない女も多い。その女房も亭主とお稲の板挟みになり、さぞかし困ったことだろう。

納得したお亀久と違い、おタネ様は見下すように鼻を鳴らした。

「何が『おとなしい人』だ。腹の子を守るためなら、亭主に逆らう気概がなくちゃ」

「それは、そうですけど」

「子ができなくて、嫁ぎ先を追われたあんたのことだ。身重の嫁に同情するのはわかるがね。古手屋の亭主から『二度と来るな』と言われたんじゃないのかい」

「はい、他の産婆に頼むと言われましたよ」

答えるお稲の顔が苦しげに歪む。古手屋の女房は去っていくお稲の背に繰り返し謝っていたそうだ。

「だったら、もうあんたの出る幕はない。さっさと手を引いちまいな」

「でも、それじゃ……」

「その女房は亭主に従ったんだろう。向こうがそのつもりなら、これ以上は余計なお世話というもんさ」

下手に手出しを続ければ、女房だって嫌な思いをするだけだ。落ち着いた声音《こわね》で諭されて、お稲は歯を食いしばってうなだれる。お亀久はその姿を見るに見かね、あえて笑顔で話しかけた。

「お稲さん、そうがっかりしないでくださいな。今日の昼前に土屋先生の御新造様が訪ねてきて、おタネ様は産婆を続けることになったんですよ」

この間は先のことを考えて、青くなっていたお稲である。おタネ様が産婆を続けると知れば、きっと大喜びするはずだ。

しかし、お稲は意外にも喜ぶそぶりを見せなかった。かえって悲痛な顔つきになり、おタネ様に頭を下げる。

「勘弁しておくんなさい。あたしの出来が悪いせいで、おタネ様にはいつまでも迷惑をかけちまって」

「別にあんたのせいじゃないよ。あたしが産婆を続ける気になったのは、お亀久に脅されたせいだもの」

何ともひどい言い草だが、命を落とす赤ん坊が増えなければそれでいい。それにおタネ様が産婆を続ければ、神田岩本町のお松もきっと考え直す。

お亀久はそう思って聞き流したが、お稲は夕餉の箸《はし》も進まなかった。おタネ様は食後のお茶を一口飲むと、いつになくやさしい声を出した。

「お稲、あんたはあたしより腕が劣ると思い込んでいるけれど、そんなことはないんだよ」

「いいえ、一人前の産婆を名乗るようになっても、難しいお産はすべておタネ様任せだったじゃありませんか」

「それはあんたのせいじゃない。いまだから言うけれど、あたしが死なせた赤ん坊はあんたよりずっと多いんだ」

思いがけない告白にお亀久とお稲は目を瞠った。

無学な下女中から産婆になったおタネ様は、元は雇い主の産婆を頼ることができなかった。手に負えないお産に当たったときは、出たとこ勝負で何とかするしかない。当然、残念な結果になることもあり、その都度打ちのめされたという。

だが、つらいからと逃げ出せば、自分が食べていけなくなる。次はきっとうまくやる、産婆は経験がものを言うと、自分自身に言い聞かせて精進を続け、三十前には腕のいい産婆として評判になっていたのだとか。

「あたしの雇い主はよく言っていたもんさ。お産がうまくいかないときは、それがその子の寿命だった、産婆のせいじゃないってね」

死産のたびに我が身を責めていては、とても産婆を続けられない。そう言い訳したくなる気持ちはわかるが、おタネ様はそれが嫌だったという。

「赤ん坊を守り育てるのは、生きている大人の務めじゃないか。寿命だから仕方がないなんて、どの面下げて言うんだか」

　そういう思いが強すぎて、あんたには逆に迷惑をかけたと、おタネ様は小鼻をこする。

「あたしがやったほうが間違いない、お稲に任せてもしものことがあったら大変だと、あんたに経験を積ませてやらなかった。でも、それじゃ駄目だと気が付いて引っ込もうとしたのに、お亀久が『そんなことをすれば、もっと後悔する』と脅すんだもの。まったく、八方塞がりさ」

　改めておタネ様の胸の内を聞かされて、お亀久は短い首をさらに縮める。お稲はおタネ様におずおずと問いかけた。

「それじゃ、これからもいままで通りですか」

「いや、あたしはなるべく手を出さない。出すのは口だけのつもりだよ」

「そうしてもらえると、あたしは助かりますけど……本当にいいんですか。足腰が達者なうちでないと、物見遊山もできませんよ」

　おタネ様の年を考えれば、いつぽっくり逝っても不思議はない。心配顔のお稲に年老いた産婆はうなずいた。

「ああ、あたしはあんたたちより大人だからね。子や孫みたいなあんたたちを助《す》けないわけにはいかないよ」

その気持ちはありがたいが、七十二は大人というより年寄りだろう。腹の中で言い返したとき、おタネ様と目が合った。

「だから、お亀久も負い目を感じなくていいんだよ」

「えっ」

「子供がかどわかされるところを見れば、まともな大人は誰だって助けようとする。あたしだって母親が死んだ後、いろんな大人に助けられてきたんだから」

恋女房に先立たれたおタネ様の父親は、六つの娘のことなんて一切顧みなかった。見かねた隣のおかみさんが面倒を見てくれなければ、七つにならずに死んでいたと、おタネ様は肩をすくめる。

「あたしが七つになると、差配さんは住み込み奉公の口を世話してくれた。産婆の下働きは楽な仕事じゃなかったけど、おかげで産婆になれた上に、他人より長生きできたんだから」

「でも、加吉さんはあたしの代わりに死んでしまって……」

「大人は子供を助けるためなら、命を懸けるものなのさ。助けられたあんたは産婆見習いになり、新しい命を助けようとしているじゃないか。人はそうやって互いに助け合いながら、世の中を回しているんだよ」

諭すような口調で言われ、お亀久の胸が熱くなる。涙をごまかすように瞬きすると、おタネ様はあくびをした。

「あぁ、今日はしゃべり過ぎて疲れちまった。あたしはもう休むからね」

おタネ様は急に早口になり、茶の間を出ていってしまう。ぼんやりしているお亀久のそばで、お稲がしみじみ呟いた。

「本当にかなわないよねぇ」

お亀久はそっと目尻を拭き、まったくだと大きくうなずく。そして、明日またお松のところへ行って、この話をしようと決心した。


おタネ様が産婆を続けるとわかったとたん、お亀久は新年を迎えるのが楽しみになった。

いよいよ年の瀬も押し迫った二十八日、商家は二階まで届くような大きな門松を立て、長屋住まいの連中はしめ縄飾りを戸口につける。

お亀久もおタネ様の家の入口にしめ縄飾りを取り付けて、曲がっていないか確かめる。そこへ土屋がお伊代を伴って現れた。

「先生、よくお越しくださいました。いまは一番お忙しい時期でしょうに」

今年も残すところ、あと三日。労《ねぎら》いを込めて言えば、土屋は笑顔で手を振った。

「なに、おタネ殿の気が変わると困るから、念を押しに来ただけだ。それにちょっとした刃物傷なら、弟子でも何とかなるからな」

そう言う自分はあくまでおタネ様にこだわって、弟子のお稲を嫌がったくせに。勝手なものだと思いつつ、お亀久は夫婦を茶の間に案内した。

おタネ様は今日も肩まで炬燵にもぐり、目玉だけをこっちに向ける。

「何だい、御新造様のお産なら引き受けたよ」

「ああ、かたじけない。くれぐれもよろしく頼む」

「はいはい」

そっけない産婆を咎めることなく、土屋は上機嫌のまま話を続けた。

「正月最初の戌《いぬ》の日に帯祝いを行う。その日は空けておいてくれ」

「はいはい、承知いたしました。ところで、御新造様は身体を冷やさないでおくんなさいよ。帯祝いをすませたら、腹帯は欠かさず締めとくれ」

帯祝いは身籠って五月《いつつき》目の戌の日に安産を祈って行うものだ。その日から腹の子を守るための腹帯をするのがしきたりだが、土屋はなぜか不満気だ。

「腹帯なぞ無理にしなくともいいだろう。腹の子は日に日に大きくなる。締め付けていたら窮屈ではないか」

「身重の身体に冷えは禁物です。それに腹帯は腹の子を守るためにするもんだ。付け焼刃の産科術で余計なことを言いなさんな」

「何を言う。賀川先生はたくさんの女郎のお産を手がけ、独学で産科術をものにしたお方だぞ」

「ふん、カガワだかカナガワだか知らないが、こっちは先生が生まれる前から産婆をやっているんだよ。あたしの言うことが聞けないのなら、よその産婆に頼むこった」

ぶっきらぼうに突き放されて、土屋は逆鱗に触れたことを察したらしい。うろたえる夫に代わり、お伊代がお夕ネ様に頭を下げた。

「申し訳ございません。夫が腹帯を嫌うのは、亡くなった御新造様もしていたからだと思います」

「妊婦はみな腹帯をするもんだ。腹帯のせいで死産になるなら、赤ん坊なんて生まれやしないよ」

「それはそうかもしれないが……」

「子が腹の中で育ちすぎると、難産になりやすい。上から締め付けるくらいでちょうどいいのさ」

赤ん坊は狭い産道を通ってこの世に生まれる。腹の中で必要以上に大きくなれば、母子ともに負担が増えてしまう。お松だってそのせいで腹の子と母親を死なせてしまった。

お亀久が誰よりも大きくうなずくと、お伊代は納得してくれたのだろう。含み笑いで打ち明けた。

「私に子ができたとわかったとき、夫は自らの手で取り上げると言い出したのです。下手な産婆を頼むより、自分でやるほうが間違いないと」

金創医は本道医《ほんどうい》と違って、血は見慣れている。任せろと胸を叩かれたが、お伊代はあいにくうなずけなかった。前に姉のお産の手伝いをしたことがあったからだ。

日頃上品な奥様で通っている姉が真っ赤な顔で力綱を握りしめ、歯を食いしばっていきみ、唸り声を上げる。その姿はこの世のものとは思えないほど恐ろしかった。しかも、赤ん坊は股の間から生まれてくる。

いくら夫婦でも、いや夫婦だからこそ、そんな姿をさらしたくない。お伊代はその一心で「初めてのことで不安だから、腕のいい産婆を頼みたい」と言い張った。そして、江戸一番の産婆に取り上げてもらい、土屋はそばで立ち会うことになったらしい。

「本当は夫の立ち会いも遠慮してほしかったのですが、そこは譲ってもらえませんでした。何かとご面倒をおかけしますが、どうぞよろしくお願いします」

夫婦の舞台裏を明かされて、土屋は居心地が悪そうだ。それでもお伊代を叱りつけ、黙らせたりはしなかった。

怪我の痛みに暴れる男を一喝する金創医も、若い妻には頭が上がらないらしい。お亀久は口を固く閉じ、腹の底から込み上げる笑いをごまかした。

ところが、おタネ様は怒ったような表情を崩さずに、土屋に厳しい目を向けた。

「あたしは先生のように書物で学んだわけじゃない。だが、この手で何千もの赤ん坊を取り上げてきたという誇りがある。横からとやかく言うのは構わないが、肝心要のところはあたしの指図に従ってもらいますよ」

「……わかっている」

「あたしは産婆で、先生は金創医だ。お産の途中で急な怪我人が出たときは、必ずそっちに行っとくれ」

おタネ様の言い分に土屋はたちまち不機嫌になった。

「なぜ、我が子より他人を優先せねばならん。妻と子に先立たれたときから、わしはこのときに備えてきたのだぞ」

「それじゃ、怪我人を後回しにして死なせてもいいって言うんだね。まったく、大した名医じゃないか」

せせら笑うように返されて、土屋が顔を引きつらせる。おタネ様は腕を組み、ふんぞり返って言い放つ。

「あたしは御新造様から言われたんだ。親が死のうが、子が死のうが、舞台に立つのが役者の務めだと、仲蔵が言っていたってね。あたしに産婆の務めを果たさせたいなら、先生だって金創医の務めを全うすべきじゃないのかい」

「…………」

ぐうの音も出ない土屋を横目に、お亀久は内心膝を打つ。

あの世の中村仲蔵もきっと喜んでいるだろう。

その五　神の弔《とむら》い

一

とかくにぎやかな正月も、元日は案外静かなものだ。

初日の出を拝みに行ったり、恵方参りをする人はいるけれど、往来に面した店はみな大戸を閉《た》てている。いつも騒がしい棒手振りだって、この日ばかりはひとりもいない。

商人は誰しも大晦日《おおみそか》の深夜まで掛け取りに追われ、元日の翌日は初売りが控えている。一年の始まりはしっかり身体を休めるのだ。

しかし、お亀久は寛政《かんせい》三年（一七九一）の元日を心穏やかに過ごせなかった。母にさんざん小言を食らい、翌朝逃げるようにして実家を後にする羽目になった。

めでたい新年の始まりに、おんなじことをくどくどとうるさいのよ。おっかさんもいい加減に、あたしが産婆《さんば》になることを認めてくれてもいいじゃないの。あたしをおタネ様と引き合わせたのは、おっかさんなんだから。

嫌がる娘に無理やりお産を見せておきながら、「まさか、こんなことになるなんて」といまさら歯噛みされても困る。

とはいえ、「紀一郎さんだって、おまえの操立《みさおだ》てなんて望んでやしない」「おまえも十八になったんだし、意地を張らずに帰っておいで」と湿った声を出されれば、親不孝を自覚させられる。それでも、親の考える「人並みの幸せ」を押し付けられるのは嫌だった。

よくない噂のある娘と夫婦になろうとする人なんて、どうせ持参金目当てだろう。そういう相手と一緒になっても、幸せになれるとは思えない。

一度は「産婆を辞める」と言ったお夕ネ様も、幸い考え直してくれた。ここは石にかじりついても一人前の産婆になって、「おまえには無理だ」と決めつけた両親を見返してやらないと。

強い北風を受けながら決意も新たに歩いていると、羽子《はご》が目の前を横切って、お亀久の足元にポトリと落ちた。かがんで拾い上げてやれば、赤い晴れ着の女の子が真っ直ぐに駆け寄ってくる。小さな手に羽子を渡してやると、女の子は笑顔で礼を言い、友達のほうへ戻っていく。その姿に幼馴染みと張り合った、かつての自分が重なった。

お八重ちゃんはいまごろどうしているかしら。おっかさんは「嫁に行け」とうるさいけれど、女は嫁いだ先で幸せになれるとは限らないわ。

産婆見習いをしていると、嫁の肩身の狭さがよくわかる。死ぬまで周りの顔色をうかがい続けるなんて耐えられない。

お亀久が心の中でぼやいたとき、「ありがてぇ」「新年のタダ酒は特にうめぇ」と、はしゃぐ男たちの声が聞こえてきた。どうやら、酒屋の店先で振る舞い酒をしているようだ。

家でも雑煮や正月料理を食べながら、酒をさんざん飲んだろうに。大げさに喜ぶ連中に呆れながら、我に返って歩き出す。そして、江戸橋を渡り終えたところで、橋のたもとにたたずんでいる紀次と出くわした。

「思ったよりも早かったな。明けましておめでとう」

予期せぬ出会いに驚きながら、お亀久も新年の挨拶を返す。そして、小首を傾《かし》げて紀次を見た。

「ねぇ、どうしてこんなところにいるの」

「……別に、俺の勝手だろう」

ぎこちなく顔を背ける相手の鼻は寒さで真っ赤になっている。色恋沙汰に疎いお亀久も、その様子を見てピンときた。

万紀のある深川《ふかがわ》は、浅草天王町《あさくさてんのうちょう》よりも八丁堀《はっちょうぼり》のほうがはるかに近い。紀次はお亀久とすれ違いになるのを恐れ、冷たい川風の吹く中をここで待っていたのだろう。

おとっつぁんの言いつけで八丁堀には近づけないし、月に一度の顔合わせはあたしのせいで流れたものね。でも、もっと風の吹かないところで待ち伏せすればよかったでしょう。

ここまで一途に思われると少々絆《ほだ》されそうになる。だが、それでは相手の思う壺だと、お亀久は冷たく言い放った。

「こんなところに長居をしたら、新年早々風邪をひくわよ」

「ふん、余計なお世話だぜ」

紀次は怒ったように吐き捨てると、小さな木箱をお亀久の手に押し付けて走り去る。慌てて箱を開けてみれば、中には菊を形どった平打ちの銀簪《ぎんかんざし》が入っていた。

昔は何かにつけて「おめぇなんかきくじゃねぇ。首をすくめた亀じゃねぇか」と嘲《あざけ》っていたくせに。お亀久は我知らず幼馴染みが立ち去ったほうに顔を向けた。

いくら思いを寄せられても、自分は万紀の嫁にはなれない。男と口がきけるようになっても苦手なことに変わりはないし、紀次の母のお袖《そで》に嫌われているからだ。

もともと、お袖は長男を婿に出したくなかったらしい。紀一郎が山崩れに遭った直後は、人目のないところで責められた。次男の勝手を許しているのは、お亀久が断ると確信しているからだろう。

紀次が子供のころから「お亀久ちゃん」と呼んでいたら、最初から次男の紀次を婿に望んでいたかもしれない。そうすれば万紀の跡取りが変わることも、紀一郎が紀州に行って山崩れに遭うこともなかっただろう。

しかし、いくら「もしも」を並べても、起こったことは変えられない。魚屋の加吉が生き返ることがないように、紀一郎も永遠に帰らないのだ。お亀久はもらった簪を袂《たもと》に突っ込み、息を吐いて歩き出した。

「お稲さん、お亀久です。ただいま戻りました」

お夕ネ様の家の戸を開けて、奥に向かって声をかける。

だが、お稲の応えの代わりに、やけに野太い男の声がした。

おゆきさんは明日まで休みだから、お夕ネ様とお稲さんしかいないはずなのに。一体誰が来たのかしら。

そっと茶の間をうかがえば、実の父より年かさの男がお夕ネ様の前に座っていた。がっしりした体格に浅黒い肌をしているが、着物は真新しい大島紬《おおしまつむぎ》である。

商人には見えないし、大工の棟梁《とうりょう》か植木職人の親方だろうか。お亀久は客の仕事を想像しつつ、ためらいがちに声をかけた。

「お夕ネ様、お稲さん、明けましておめでとうございます。ただいま戻ってまいりました。あの、お客様ですか」

「おや、もう戻ってきたのかい。実家のほうがおいしい料理があるだろうに」

お稲に大げさに驚かれ、お亀久はあいまいに微笑《ほほえ》んだ。いくら豪華な正月料理でも、親に睨まれていたらおいしくない。

「実家に居てもやることがありませんから。それに、産婆はいつお呼びがかかるかわからないでしょう」

見知らぬ客の手前、恰好をつけて答えれば、「そりゃ、いい心がけだ」とお稲が笑った。

「魚勝《うおかつ》の旦那、この子はお亀久と言って、うちの産婆見習いです。お亀久、こちらは江戸でも一、二を争う魚屋、魚勝の勝五郎《かつごろう》旦那だよ。今日は年始の手土産《てみやげ》に、立派なみかんをくだすったんだ」

そのたくましい見た目から、てっきり出職の親方だろうと思っていた。予想外の素性に驚いて、お亀久は慌てて頭を下げる。

「あの、明けましておめでとうございます。どうぞよろしくお願い申します」

「ああ、おめでとう。こっちこそよろしく願いたいね。今年は何としても、うちの嫁に男の子を産んでもらわないと」

現在、魚勝の跡取り夫婦には幼い娘が二人いる。どちらもかわいい孫娘だが、「店のことを考えれば、どうしても男孫が要る」と勝五郎が声を強くした。

「その願いをかなえてもらおうと、産婆の神様に願掛けをしに来たんだよ。ところが、肝心のおタネ様が冷たくて、困っている。お亀久さん、口添えをしてくれないか」

「魚勝の旦那、見習い如きの口添えでどうにかなるもんじゃござんせん。あたしにみかんを供えるよりも、子授け地蔵に行ったほうがよござんす」

今日も炬燵《こたつ》に肩までもぐり、おタネ様はぶすりと返す。その前には籠に入った立派なみかんと、みかんの皮が置かれていた。

「おまえさんに言われずとも、何度もお参りしましたよ。だが、孫娘しか授けてくださらないから、ここに押しかけてきたんじゃないか」

「こんな死にかけの年寄りに縋《すが》るようじゃ、魚勝の名が泣くってもんだ。魚は活きのよさが売り物でしょう」

「おや、ご謙遜だね。両替商の和泉屋《いずみや》さんは、おタネ様にお参りして跡取り孫を授かったと言っていたよ」

両替商の和泉屋と言えば、室町《むろまち》にある大店《おおだな》だ。それは初耳だと驚くお亀久の前で、おタネ様はせせら笑う。

「ありゃ、あたしのおかげなんかじゃない。嫁いびりをする姑がいなくなってくれたおかげじゃないか」

嫁《か》して三年、和泉屋の嫁は姑から子ができないことを責められ続け、気鬱の病《やまい》になりかけていた。そんなときに姑が食あたりで命を落とし、元気を取り戻した嫁は姑の喪が明ける前に身籠ったとか。

「でも、そんなことは大っぴらに言えないから、和泉屋さんはあたしのおかげと触れ回っているだけだ。魚勝さんも身に覚えがあるんじゃないのかい？　男、男とうるさく言うから、へそ曲がりの神様に嫌われるんだよ」

子のなかった和泉屋と違い、魚勝には二人も娘がいる。たとえ息子が生まれなくとも、婿をもらえばすむはずだ。おタネ様のもっともな言い分に、勝五郎はふてくされる。

「うちは主人が入り婿じゃ、奉公人に示しがつかない」

魚屋は活きのいい魚はもちろん、威勢のよさも売りものである。人の顔色を見る婿養子では、血の気の多い奉公人に舐められるという。

「魚勝の跡取りは、棒手振りをして商いのイロハを覚えるんだ。喧嘩もできない商家の次男や三男じゃ、河岸《かし》で仕入れもできないだろう。魚勝の身代を守るには、魚勝の血を受け継いだ男の跡取りが必要なんだよ」

唾を飛ばして言われても、ままならないのが人の命というものだ。お亀久が白けた気分でいると、おタネ様が額を押さえた。

「何はともあれ、嫁を捉まえて『次こそ息子を産め』とせっつくのは悪手でござんす。お内儀様や若旦那にもよく言っておいておくんなさい」

何を言っても態度を変えないおタネ様に焦《じ》れたのか。勝五郎がムッとした様子で帰った後、お亀久たちは遠慮なく手土産のみかんをいただいた。

「さすが魚勝さん、このみかんはすごく甘いですね」

「ああ、紀州の産だってさ」

「やっぱり、そうだと思いました」

舌のおごった親を持つと、娘の舌は嫌でも肥える。上機嫌でみかんを味わうお亀久と違い、お稲はなぜかしかめっ面だ。つい「お稲さんのみかんは酸《す》っぱいんですか」と尋ねれば、一拍遅れて頭を振られた。

「魚勝さんも最初の孫娘が生まれたときは、手放しで喜んでいたんだよ。ところが、二人目も女だとわかったとたんに、『次こそ男を』と言い出してさ。金持ちの嫁は金の苦労をしない代わり、気苦労が多くて大変だね」

石女《うまずめ》として離縁されたお稲はいつだって嫁の味方である。お亀久が返事に困っていると、おタネ様が顔を上げた。

「この世に生きている限り、女は苦労するもんさ。ところで、お亀久。あんたは坂田屋で何かあったのかい」

でなきゃ、こんなに早く戻ってきたりしないはずだと真っ直ぐ目を見て尋ねられ、お亀久は今度こそ正直に白状した。

「おっかさんに『産婆を目指すのはあきらめろ』としつこく言われたんで、さっさと逃げてきたんです」

「ふん、そんなことだろうと思ったよ。お富久さんは十八になった娘の将来《さき》が心配なんだろう」

おタネ様は母のお富久もその手で取り上げている。どことなく後ろめたそうな年寄りと違い、お稲は笑顔でうなずいた。

「そうそう、娘十八、番茶も出花ってね」

「……番茶で悪うございました」

安い番茶も出花はうまい——そんな喩えにお亀久が頬をふくらませたとき、表戸が乱暴に押し開けられる音がした。

お産は時を選ばないが、いまは臨月の客などいない。となると月足らずの早産か、それとも流産しそうなのか。

急ぎ戸口に駆けつければ、日比谷《ひびや》の新八親分の手下で、唐辛子売りの忠助《ちゅうすけ》が息を切らせて立っている。そして、こちらが何か言う前に大声を張り上げた。

「神田岩本町《かんだいわもとちょう》で年寄りの産婆が殺されやがった。お松って六十の婆さんだが、おタネ様は知っていなさるかい」

産婆のお松と言えば、去年の暮れに会ったばかりである。その人が殺されたと聞いて、お亀久は腰を抜かしてしまった。

二

「何でお松さんが殺されるのさ。下手人はどこのどいつだい」

お亀久がどうにか立ち上がって忠助を茶の間に連れていけば、炬燵から這い出したおタネ様は血相を変えて十手《じって》持ちの手下に詰め寄る。忠助は「俺を睨まねぇでくだせぇよ」と迷惑そうに顔をしかめた。

「これから詳しく話しやすから、まずは茶の一杯も出しておくんなせぇ。こちとら神田と日比谷と八丁堀を駆け通しなんだ」

今日は北風が強いのに、忠助の額には汗が光っている。お亀久が急須の残りを湯呑に注いで差し出すと、忠助は文句も言わずに口をつける。お夕ネ様はわずかな間も待てないのか、畳を叩いて催促した。

「ほら、早く話しなって。お松さんはどうして殺されたのさ」

「お夕ネ様、下手人は恐らく金が目当ての悪党ですよ。お松さんの弟子は通いしかいなくて、夜はひとりだったもの」

忠助が答える前に、横からお稲が決めつけた。

「だから、あたしは言ったんですよ。昨今は何かと物騒だし、そろそろ娘夫婦と一緒に暮らしたほうがいいって。でも、お松さんは『産婆はいつ誰が呼びに来るかわからないから、娘夫婦の迷惑になる』と遠慮して……こんなことになるとわかっていれば、もっと強く勧めたのに」

お稲の口惜しそうな声がだんだん湿っぽくなっていく。お夕ネ様も眉間のしわを深くして、奥歯を噛みしめている。そこでようやく忠助が茶を飲み終え、「早とちりしねぇでくだせぇ」と声を上げた。

「もっともらしい見立てだが、あいにくそうじゃねぇんでさ。お松は女房と子に先立たれた男に殺されたんだ」

下手人は吉蔵《きちぞう》という左官《さかん》で、去年の暮れに女房を死産の末に亡くしていた。そのときの産婆が町内に住むお松だった。

「今年の正月は家族三人で迎えるはずだったのに、吉蔵は位牌《いはい》を抱えてひとりで過ごす羽目になった。そのつらさに耐えかねて産婆に文句を言いに行けば、お松の住まいは空っぽだ。隣の女房にどこへ行ったか尋ねると、『娘夫婦のところで年越しをしている』と教えられたらしい」

たったひとりでみじめに年を越した自分と違い、お松は家族と楽しく元日を過ごしている。吉蔵はやり場のない怒りに震えながら酒を飲み、翌二日の朝、戻ってきたお松を刺し殺したという。

お亀久は去年の暮れに初めてお松と会ったとき、難産の果てに死んだ母子について聞いていた。お松はその死に責任を感じ、「おタネ様が産婆を辞めるなら、あたしも辞めようか」とまで言っていた。

だが、おタネ様が考え直した経緯を事細かに伝えると、お松も思いとどまってくれたのだ。

――こんなあたしでも、我が子を取り上げてほしいと言ってくれる人がいるからね。もう少し頑張ることにするよ。

そう言って笑ったお松の顔を思い出し、お亀久の目に涙が浮かぶ。おタネ様も怒りをあらわにした。

「何だい、そりゃ。逆恨みにしたってあんまりじゃないか」

「おタネ様が怒る気持ちもよくわかるが、吉蔵だって憐れじゃねぇか。それに御用を預かる俺たちも正月早々とんだ迷惑を被《こうむ》ったんだ。唯一の救いは、吉蔵がすぐにお縄になったことでさ」

お松を刺し殺した後、返り血を浴びた吉蔵はその場に立ち尽くしていたそうだ。それを見た隣の女房は悲鳴を上げて腰を抜かし、亭主は泡を食って自身番《ばんや》に走った。おかげで新年最初の人殺しはすぐにケリがついたらしい。

「吉蔵の詳しい取り調べはこれからだが、お松の亡骸《なきがら》は明日にも娘夫婦に返されやす。知り合いなら、最後の別れに行ってくだせぇ」

忠助は言うべきことを言い終えて、長居は無用といなくなる。お亀久は戸口まで送ろうとしたけれど、足に力が入らなかった。お松が殺されたと聞いて、自分をかばって殺された加吉の最期を思い出す。

あれから八年も経つというのに、幼い眼《まなこ》に焼き付いた無残な死に様は色褪せない。お亀久が震える指を組み、落ち着こうと息を吐いたとき、

「おタネ様、大丈夫ですか？　しっかりしてください」

うろたえたお稲の声にびっくりして振り向けば、胸を押さえたおタネ様が前のめりに倒れていた。

翌三日は朝から曇り空だった。

昼からは小雪が舞い出して、家の中でも底冷えがする。

それでも、おタネ様は「お松さんの通夜に行く」と頑なに言い張って、お稲の顔をしかめさせた。

「お松さんが殺されたと聞いて、倒れたのはどこのどなたです。亡骸をその目で見たら、心の臓が止まるかもしれませんよ」

「ふん、あたしはそんなにやわじゃないよ」

「気持ちがどんなに強くとも、身体は七十三の年寄りです。あたしがおタネ様の分まで手を合わせてきますんで、おとなしく寝ていてくださいまし」

「冗談じゃない。あんたの指図は受けないよ」

「だったら、仕方ありません。おタネ様を布団《ふとん》ごと縛りあげて、あたしが横で見張ります。あたしも通夜に行けませんけど、お松さんはわかってくれるでしょう」

一歩も引かない覚悟を見せられ、おタネ様はふてくされた子供のように夜着を被って背を向ける。お稲はひとりで通夜に行くことになり、お亀久に向かって念を押した。

「いいかい、あたしが戻るまでおタネ様を頼んだよ」

「はい、任せてください」

できれば自分もお松の弔いに行きたかったが、人手にかかった亡骸を前にしたら落ち着いていられない。お亀久はうなずいてから、「おゆきさんに知らせなくていいんですか」とお稲に尋ねた。

「ああ、正月早々縁起の悪い話を伝えなくともいいだろう。帰りは遅くなるだろうから、あたしの夕餉《ゆうげ》はいらないよ」

七ツ（午後四時頃）の鐘《かね》が鳴ったところで、お稲は傘を手に出ていった。お亀久は表戸を閉じてから、足音を忍ばせて二階に上がる。お夕ネ様の寝間の襖《ふすま》をそっと開ければ、家主は夜着から顔を出していた。

「お稲はもう出かけたかい」

「はい、雪もまだ降っています。お松さんのお通夜はお稲さんに任せ、お夕ネ様はどうぞ休んでください」

胸にくすぶる不安を抑え、お亀久は何食わぬ顔で返事をした。

お産がうまくいかなければ、産婆だって恨まれる――日野屋の内儀に話を聞いて覚悟はしていたけれど、まさか殺されるとは思わなかった。

産婆を殺したところで、死んだ女房や赤ん坊が生き返るわけじゃない。こんなことが続いたら、江戸の産婆はいなくなる。こっそりため息をついたとき、お夕ネ様がノロノロと布団の上で身を起こした。

「お産がうまくいくかどうかは、産婆の腕だけじゃない。運不運もあるんだよ。お松さんは本当に腕のいい産婆だったのに」

綿の入った厚手の夜着をしわになるほど握りしめ、お夕ネ様が歯ぎしりする。そして、カクリとうなだれた。

「人の家族を増やす手伝いに追われ、あたしは一生独り身だった。お松さんも産婆を続けたせいで、夫婦別れまでしたんだよ。赤ん坊が無事に生まれなかったときは欠かさず供養もしてきたのに、どうして殺されなきゃいけないのさ」

人一倍気丈なお夕ネ様が泣き言を言うのはめずらしい。丸まった背中をさすろうとしたら、年寄りはいきなり立ち上がった。

「やっぱり、あたしも通夜に行く。お亀久、駕籠《かご》を呼んどくれ」

「だ、駄目ですよ。お稲さんと約束したじゃないですか」

「あんたの耳は飾りかい？　あたしはおとなしく寝ているなんて、一言だって言っちゃいないよ」

それはずるいと言い返す前に、相手はとんでもない言葉を口にした。

「あたしだって遠からずあの世に逝く。ここでお松さんに不義理をしたら、あの世で会うときに決まりが悪いじゃないか」

「え、縁起でもないことを言わないでください。お夕ネ様には亡くなったお松さんの分まで長生きしてもらわないと困ります。お松さんだってそれを望んでいるはずですよ」

「ふん、小娘が賢《さか》しらな口を叩きなさんな。あんたがいくら止めたって、あたしは絶対に行くからね」

ここまで強く出られると、お亀久ではもう止められない。困って立ち尽くしていたら、着替えを終えたおタネ様が首をねじってこっちを見た。

「心配しなくとも、あんたは留守番してりゃいい。殺された仏のそばなんて近寄りたくないんだろう」

己の本心を見透かされ、お亀久はヒュッと息を吞む。

だが、ここでうなずくわけにはいかなかった。

「と、とんでもない。具合の悪いおタネ様をひとりで行かせられません。あたしも一緒に行きますから」

負けず嫌いが頭をもたげ、お亀久はおタネ様と共に駕籠で出かけることになった。

今日はあいにくの雪で、人通りが少ないのだろう。本来なら聞こえるはずの笛や太鼓のお囃子《はやし》や新年を祝う声はなく、駕籠かきが発する「エイホ、エイホ」の掛け声だけが垂れ越しに聞こえてくる。

しばらくして駕籠が止まると、お亀久は下駄を履いて地べたに降りた。

雪は幸い止んでいたが、辺りは暗くなっている。下駄が滑らないよう気にしながら、先月も通った狭い路地へと入っていく。お松が住む長屋の木戸には、弔問客が長い列を作っていた。

「いいお産婆さんだったのにねぇ。まさか、こんなことになるなんて」

「お産は女の命がけだ。うまくいかないからって殺されたんじゃ、産婆になる人がいなくなっちまうよ」

「角の八百屋の嫁さんは、来月お松さんに取り上げてもらうはずだったんだよ。頼りの産婆さんを殺されて、いまは寝込んでいるってさ」

「腕のいい産婆を探すのは骨だからねぇ」

居並ぶ女たちの年や見た目はさまざまだが、誰もがお松の世話になったらしい。中には子供の手を引いて、すすり泣いている人もいた。お亀久はその列の後ろに並びかけ、横目でお夕ネ様を見た。

昼間降った雪が地面で凍り、冷えが容赦なく上がってくる。こんなところに長くいたら、年寄りの身体に障るだろう。どうしたものかと困っていると、お稲が血相を変えてやってきた。

「この馬鹿っ、お夕ネ様を家から出すなと言ったじゃないか」

出会い頭に怒鳴られて、お亀久は短い首をさらに縮める。お夕ネ様は動じることなく、お稲を睨んだ。

「こんなところでみっともなく騒ぎなさんな。お松さんに手を合わせたら、すぐに帰るさ」

お稲もここまで来たら、それしかないと悟ったのだろう。列の先頭にいた弔問客に頭を下げて、お夕ネ様とお亀久を割り込ませる。

譲ってくれた人に礼を言って家に上がれば、逆さ屛風《びょうぶ》の下、北枕で横たわるお松の顔には白い布がかけられていた。お亀久は亡骸の顔も身体も見えないことにホッとした。

行灯《あんどん》のほのかな灯りを浴び、線香の煙が白くたよりなくたなびいている。お夕ネ様はこらえきれずに顔を歪め、枕元でうつむく女に声をかけた。

「お栄《えい》ちゃん、久しぶりだね。おっかさんがとんだことになっちまって……あたしゃ何て言ったらいいかわからないよ」

発する声はひどく掠れ、血の気の失せた唇も震えている。

お栄は顔こそ母親似だが、お松と違って小柄である。驚いたようにこっちを見る目は南天の実のように赤かった。

「お夕ネ様、来てくれたんですね。おっかさんも喜んでいると思います」

ちらりとお稲の顔を見たのは、来ないと聞かされていたからか。お夕ネ様は手をついて、お栄と仏のほうへにじり寄った。

「来ないはずがないだろう。あたしとお松さんはあんたが生まれる前からの付き合いなんだ。あんなにいい人が殺されるなんて、世も末だよ」

「……あたしはここ何年か、おっかさんに言っていたんです。もういい年なんだから、産婆を辞めて一緒に暮らそうって」

だが、お松は首を縦に振らなかった。「あたしより年上のお夕ネ様より先に辞めるわけにはいかないよ」と笑っていたとか。お亀久だって去年の暮れに会ったときは、こんな未来が待っているとは夢にも思っていなかった。

「おっかさんはお産で呼ばれると、幼いあたしが寝込んでいても出かけました。家のことやおとっつぁんのことも二の次で、そのせいで夫婦別れをする羽目になったのに……お夕ネ様に義理立てをして、こんなことになるなんて」

まさかの娘の恨み言にお夕ネ様の眉がハの字になる。

お稲も場所柄、うかつに文句を言えないのだろう。目でお栄を非難すると、隣にいた亭主が見かねたように口を出した。

「せっかく来てくだすったのに、みっともねぇ泣き言を言うんじゃねぇ。義母《おっか》さんの顔を潰す気か」

「いま言わなくて、いつ言うのさ。あたしはよその赤ん坊なんて放っておいて、あたしのそばにいてほしかったよ」

お松と親しかったお夕ネ様には耳の痛い話だろう。これは早々に退散したほうがよさそうだと思っていると、お栄に声をかけられた。

「やけに若いけど、あんたもお夕ネ様の弟子なのかい」

「は、はい。産婆見習いの亀久と申します。お松さんはお気の毒なことでした。心よりお悔やみ申し上げます」

自分たちの後ろには、まだ多くの弔問客が列を作っている。割り込んだお亀久が居たたまれない気分でいると、お栄は仏頂面で吐き捨てた。

「悪いことは言わないから、産婆なんてやめときな。うちのおっかさんの二の舞になったらどうするのさ」

これはお夕ネ様への嫌がらせか、それとも本心なのだろうか。お亀久が目を白黒させると、お栄は亭主に一喝された。

「お栄、もう黙ってろ」

「あんたこそ黙ってて。あたしはこの子のために言ってんだ」

夫婦の言い合いが過熱する中、お夕ネ様は黙ってお松の亡骸を見つめている。そんなお夕ネ様に気兼ねして、お稲も口を開かない。

お亀久が救いを求めて外を見たとき、人垣をかき分けて目つきの鋭い男と年老いた僧侶が現れた。

「和尚様、お待ちしておりやした。親分もありがとうございます」

訪れた二人を見たとたん、お栄の亭主はホッとしたように頭を下げる。お栄はふてくされた様子のまま頭を下げた。

目つきの鋭い「親分」は、日比谷の新八と同じ十手持ちに違いない。連れの和尚は憐れむようにお栄を見た。

「いや、遅くなって申し訳ない。年が明けたばかりで、拙僧も忙しくてな」

眉毛の白い和尚に詫びられて、お栄の亭主は恐縮する。

「とんでもねぇ。正月早々お手間をかけやす」

「なに、弔いで経を読むのが仏弟子の務めじゃ。それにしても、正月に血を流すような罰当たりがいるとは思わなんだ」

「だが、和尚。吉蔵だって憐れじゃねぇですか」

十手持ちが漏らした呟きをお栄は聞き漏らさなかった。

「親分、人殺しが憐れってどういうことです」

仏のそばに座ったまま、お栄は十手持ちを睨みつける。相手は「しまった」という顔をしたが、出した言葉をひっこめたりはしなかった。

「おめぇの悔しい気持ちはわかるけどよ。吉蔵は恋女房が身籠ったときから、我が子を抱ける日を心待ちにしていたんだぜ」

「だから、何です。吉蔵の女房と子が死んだのは、おっかさんのせいだとでも言うんですか」

よほど腹に据えかねたのか、お栄は立ち上がって十手持ちに摑みかかる。亭主が慌てて押しとどめたが、口は押さえられなかった。

「おっかさんの通夜に来て、よくもそんなことが言えたもんだ。親分だって見たでしょう。血まみれで死んでいたおっかさんを」

「……ああ」

「あの男は手向かいできない年寄りを二度も三度も刺したんだっ。あの男が逃げなかったのは、おっかさんの返り血を派手に浴びたからさ」

お松が殺されたときの様子が生々しく語られて、お亀久の顔から血の気が引く。お夕ネ様と和尚は、激昂するお栄をなすすべもなく見つめていた。

「あたしが自身番に駆けつけたとき、おっかさんはすっかり冷たくなっていた。死に顔は痛みと恐れで大きく歪み、両目は見開いたまま……刺し傷は腹だけでなく、首や背中にもあったじゃないか。あたしは目を閉じるたび、おっかさんの無残な死に顔が頭に浮かんでくるんだよっ」

血を吐くようなお栄の声にお亀久は目の前が真っ赤に染まり――そして、気を失った。

三

人の不幸は蜜の味。

不幸な人の話を聞くと、「自分はまだましだ」と己を慰めることができる。年寄りの産婆が無残に刺し殺された一件は、縁もゆかりもない連中にとってまさしく蜜の味がしたのだろう。あっという間に広まった。

だが、産婆とその身内には、まさしく恐怖のタネである。客の腹の子が流れたり、死産になったりするたびに産婆が殺されていたのでは、江戸から産婆はいなくなる。

お亀久はお松の通夜で気を失ったものの、すぐに正気づくことができた。

一方、お夕ネ様はお松の娘に恨まれていたことがいっそう骨身にこたえたらしい。八丁堀に戻ってから二階の寝間に籠ってしまった。

「無理もないよ。殺されたお松さんとお夕ネ様は四十年近い付き合いだったそうだもの。でも、お亀久ちゃんも災難ね。また産婆修業ができなくなって」

四日の朝、仕事始めのおゆきから台所で耳打ちされた。

今年からおゆきはひとりで客を回り、お亀久がお稲の供をすることになっていた。それでも、具合の悪い年寄りをひとりにはしておけない。

「吉蔵とかいう左官は本当に困ったことをしてくれたわね。うちのおっかさんもすっかり怖がって、『産婆をやめて別の仕事に就かないか。何なら、あたしの奉公先に口をきいてやる』って言い出してさ」

「あら、まぁ」

おゆきは美人すぎるせいで、さんざん嫌な思いをしてきた。母親はそれを知っていながら、仲居になることを勧めたのか。お亀久が驚きの声を上げると、おゆきはうんざり顔で竈《かまど》を睨んだ。

「仲居だって岡惚れした客につきまとわれて、殺されることがあるじゃないの。危ないのは産婆だけじゃないわ」

人形のような見た目を裏切り、おゆきは至って気が強い。産婆になろうと考えたのも、自分を見て鼻の下を伸ばす男たちに媚を売りたくなかったからだ。お亀久はそんな姉弟子と「必ず産婆になろう」と誓い合った。

だが、娘を案じる母親はおゆきの母だけではなかったらしい。一月五日の朝、いきなり押しかけて来たお亀久の母は戸口に立ったまま言い放つ。

「すぐに荷物をまとめなさい。おっかさんと帰りましょう」

母も産婆殺しの噂を聞いて、たまらず迎えに来たようだ。「表通りに女中と駕籠を待たせている」と、目を吊り上げてお亀久を急かす。

まだ松の内ながら、お稲とおゆきはすでに仕事を始めている。勝手に帰るわけにはいかないと、お亀久は母を茶の間に通した。

「おっかさん、心配してくれるのはありがたいけど、あたしは坂田屋に帰りません。ここで産婆見習いを続けます」

「意地を張るのも大概におし。年老いた産婆が逆恨みの果てに殺されたことを知らないわけじゃないだろう」

「もちろん知っていますとも。でも、どんな仕事をしていても、逆恨みをされることはあるじゃないの。産婆に限った話じゃないわ」

昨日のおゆきの言葉を借りて、お亀久は毅然と訴える。それでも、母は引かなかった。

「だったら、仕事なんかしなければいい。坂田屋の娘が働くことこそ、そもそもおかしな話ですよ」

母を説き伏せるつもりで言ったことが、逆に墓穴を掘ってしまった。お亀久は着物の下で冷や汗をかく。

「初対面の男とも口がきけるようになったんだもの。いまなら、見合いだってできるじゃないか」

「おっかさん、あたしは」

「万紀の紀次さんだって、おまえを嫁に欲しいと言ってくれている。望まれて嫁ぐのが、女の幸せというものよ」

それはまさしく母の本音だろう。

しかし、八丁堀で暮らすうち、誰もがうらやむ大店の嫁の見えない苦労を思い知った。（男の）子ができなくて舅姑《きゆうこ》に責められるなんて、死産で産婆が恨まれるのと同じくらい理不尽だ。

母に何と言われても、考えを変えるつもりはない。お亀久は大きく息を吐き、話をそらすことにした。

「ごめんなさい。まだお茶も出していなかったわ」

お亀久は笑顔で言いながら、手早く番茶を焙《ほう》じ始める。その茶葉を使ってお茶を淹《い》れると、母は目を丸くした。

「家ではろくにお茶を淹れたこともなかったのに。おまえは茶葉を焙じられるようになったのだね」

香り高い煎茶や玉露は茶葉を焙じたりしない。坂田屋では番茶なんて飲まないから、母はびっくりしたのだろう。

「ここでは上煎茶なんてお高いものは飲まないもの。おっかさんの口には合わないかもしれないけど、寒いときはこっちのほうがあったまるのよ。舌を火傷《やけど》しないでね」

湯気の立つ湯呑を差し出せば、母は慎重に茶をすする。次いで満足そうに目尻を下げたので、お亀久はすかさず話を戻した。

「とにかく、あたしは帰りません。産婆になって自分の口は養うから、おっかさんたちに迷惑はかけないわ」

「おまえのような世間知らずに産婆が務まるはずがない。殺された産婆のように恨みを買うだけですよ」

「そんなの、やってみなくちゃわからないわ」

「やらなくたってわかります。あたしはおまえの母親だもの」

互いに「自分が正しい」と思っているので、相手を言い負かそうとする。お亀久はだんだんイライラしてきた。

「おっかさんにあたしの何がわかるのよ。浪人にかどわかされたことも、許婚《いいなずけ》に死なれたこともないくせに」

怒りを込めて言い捨てると、向き合う母の顔がこわばる。それでも、お亀久の口は止まらなかった。

「そもそも、あたしとおタネ様を引き合わせたのは、おっかさんでしょう。娘のことが本当にわかるなら、あたしが産婆になりたいと言い出すことも最初からわかっていたはずよ」

「……おまえときたら、本当に屁理屈ばかり達者になって。あたしはおまえのためを思って……」

「あたしのためと言いながら、本音は違うくせに。嫁き《い》遅れの娘がいたら、坂田屋の恥になる。兄さんの嫁取りの障りになると、案じているだけでしょう」

相手の語気が弱まった隙に、有無を言わさず決めつける。

とたんに母の顔色が青から赤へと一変し、身体が小刻みに震え出す。そして、お亀久を憎々しげに睨みつけると、「ああ、そうかい」と吐き捨てた。

「おまえの気持ちはよくわかった。それなら、好きにすればいいじゃないか」

「えっ」

「母子《おやこ》の間だからこそ、言ってはいけないこともある。今日限り、娘は死んだと思ってあきらめます」

「えぇっ」

いくら図星を指されたとはいえ、ここまで怒るとは思わなかった。うろたえて声を上げたとき、母の目に光るものが見えた。

「あたしはかどわかされたことも、許婚に死なれたこともないけれどね。そう言うおまえは、幼い娘をかどわかされた母親の気持ちがわかるのかい。己ばかりが大変だと思い込むのも大概におしっ」

捨て台詞《ぜりふ》を残して立ち去る背中をお亀久は呆然と見送った。

いまの剣幕からすると、母は本気かもしれない。これまではどんなに反対しても、最後の最後でお亀久の言い分を認めてくれた。だから、今度も大丈夫だろうと高を括っていたのである。

あたしもちょっと口が過ぎたかもしれないけれど、死んだと思ってあきらめるってどういうこと？　あたしが身投げをしようとしたとき、「馬鹿なことをするんじゃない」と叱っておいて。

心の中で文句を言いつつも、不安はどんどん大きくなる。お亀久が後悔に暮れていると、お夕ネ様が夜着を被って二階から下りてきた。

「ずいぶん騒がしかったけど、誰か来たのかい」

「す、すみません、おっかさんがあたしを迎えにきて……」

お松の通夜が終わってから、お夕ネ様はろくに食べていない。青白い顔はしわだけでなく、やつれも目立った。

あまり心配をかけたくないが、ここで起こったことを家主に内緒にするのはまずい。母とのやり取りを打ち明ければ、お夕ネ様は顔をしかめた。

「実の母親にずいぶんひどいことを言うじゃないか」

「でも、おっかさんはあたしが産婆になることをちっとも認めてくれないんです」

おタネ様の立場なら、自分の肩を持つべきだろう。お亀久が頬をふくらませると、これ見よがしに嘆息された。

「あんたも十八になったのなら、少しは親の身になって考えてごらん。命がけで産んだ娘にそんなことを言われたら、傷つくに決まっているじゃないか。それにあんたの理屈だと、産婆を目指すきっかけをくれたのはおっかさんだろう。そこは相手を責めるより、感謝するところじゃないのかい」

見方を変えればそうなるのかと、お亀久はむっつり黙り込む。

「それでも、血のつながった母子だからね。どれほど腹を立てたって、本気で娘を死んだことにはできないさ」

「……そうでしょうか」

母との言い争いは慣れっこだが、今日ほど怒らせたことはない。縋る思いで聞き返せば、おタネ様に笑われた。

「そんな顔をするくらいなら、親に喧嘩を売りなさんな。心配しなくとも、普通の親は子に頭が上がらないよ」

「そうでしょうか」

いや、それは逆だろうと怪訝な顔で問い返す。親は子を勘当できるけれど、逆はできないと思っていたら、「あんたもわかってないね」とおタネ様がうそぶいた。

「でなきゃ、どうして悪党が金持ちの子を攫《さら》うのさ。命より大事な我が子のためなら、親が言いなりに金を出すとわかっているからじゃないか」

身に覚えのある例を聞き、お亀久はばつが悪くなる。ここまで言われて「幼い娘をかどわかされた母親の気持ちがわかるのか」と声を荒らげた母の気持ちを察することができたのである。

「だからこそ、子を亡くした親の悲しみもわかるけど……吉蔵って左官は大間抜けだよ。我が子を悼んでくれる人を親が殺してどうすんだい」

産婆をしていれば、流産や死産は避けられない。お松は毎年地蔵尊にお参りして、水子供養をしてきたそうだ。

「親より先に死んだ子は逆縁の罪で、あの世でもひどい目に遭うらしい。この世で呼吸《いき》すらしていないのに、あんまりにもひどいじゃないか。だから、あたしとお松さんは長年供養をしてきたんだ」

だが、お松はともかく、おタネ様は何年も赤ん坊を死なせていないだろう。それに水子供養は親がするものではないか。つい「産婆がそこまでしなくとも」と口を挟めば、おタネ様は驚いた顔をした。

「だったら、あんたは目の前で人が死んでも、見て見ぬ振りができるのかい？　助けてやれなかったことを詫び、成仏してくれと祈るのは当たり前のことじゃないか」

非難がましく言われた刹那、お亀久は頬を張られた気がした。

「人として生まれた以上、いつか必ずあの世に逝く。生きている人間は先に死んだ人たちを供養する役目があるんだよ」

おタネ様に諭されて、我が身が恥ずかしくなった。

目の前で加吉が殺されてから、お亀久は家に閉じこもった。加吉の葬式はもちろん、墓参りだって親任せで、恩人の冥福を心から祈った覚えがない。

あたしは攫われた自分の不幸を嘆き、死んだ加吉さんに申し訳ないと怯えるだけで、肝心の供養をろくにしてこなかったわ。命を救われておきながら、何て恩知らずだったんだろう。

お亀久は反省を込めて、おタネ様に申し出た。

「これからはあたしがその供養を引き継ぎます。おタネ様の分も、お松さんの分も」

「馬鹿なことを言うんじゃないよ。嫁入り前の娘に水子供養をさせられるかい」

とんでもないと断られたが、ここで引きさがるわけにはいかない。嫁に行く気はないのだから、世間に白い目で見られても構わなかった。

「あたしは目の前で命の恩人が殺されたのに、何もしてきませんでした。いまさら遅いかもしれませんが、これからは加吉さんだけでなく、生きられなかった赤ん坊のために祈ってあげたいんです」

両手を合わせて訴えれば、おタネ様は腑に落ちるものがあったらしい。ややして、迷いを吹っ切るようにうなずいた。

「そこまで言うなら、お願いしようか。あたしもいつあの世に逝くかわからないからね」

また縁起でもないと思いつつ、お亀久は「はい、任せてください」と胸を叩いた。

弔いは死んだ人のためだけでなく、生き残った者のためでもある。この先供養を続ければ、加吉の最期を思い出すこともきっと減っていくだろう。お亀久は十八にして、ようやくそのことに思い至った。

四

安産を願う帯祝いは、身籠って五月目《いつつき》の戌《いぬ》の日に行う。

檜物町《ひものちょう》の金創医《きんそうい》、土屋伯陽の妻、お伊代の帯祝いはまだ正月気分の残る一月十一日に行われた。

お松が殺されて気落ちしていたおタネ様も、お亀久が水子供養を引き継ぐことになり、少しは気が晴れたのだろう。体調も徐々に戻り、無事帯祝いに出席することができた。

「私は娘を三人、息子を一人無事に産んでおりますからね。おまえも安産間違いなしです」

土屋の両親はすでに亡く、お伊代の母がまだふくらみが目立たない娘の腹に岩田帯を巻く。続いて、心づくしの御馳走を女中が座敷に並べたところで、けたたましい足音とともに若い男が飛び込んできた。

「先生、木曽屋《きそや》の手代が二人、たったいま大怪我をして運び込まれました。材木の下敷きになったそうです」

木曽屋は楓川《もみじがわ》沿いの本材木町《ほんざいもくちょう》にある材木問屋だ。土屋は一瞬ためらったのち、お伊代と義母《はは》を振り返る。

「義母上、申し訳ありません。お伊代、後は任せたぞ」

「はい、こちらのことは気にせず、お急ぎください」

妻の言葉に背中を押され、土屋は呼びに来た男と座敷を出ていく。お亀久は自分の前に置かれた膳をやるせない思いで見下ろした。

せっかくのお祝いに急な怪我人なんてついてないわね。土屋先生は戻ってこられるかしら。

材木の下敷きなら軽くて骨折、下手をすれば生きるか死ぬかの大怪我だ。それが二人もいるのなら、手当てには相当時間がかかる。

安産を願う帯祝いの最中に縁起でもない。重苦しい空気が漂う中、お伊代が作り笑顔で座を取り持つ。

「夫のことは気になさらず、どうか冷めないうちに召し上がってくださいまし。お酒がよろしければ、すぐに支度いたします」

この場にいるのは、お伊代とお伊代の母、おタネ様とお稲、おゆきにお亀久の六人だ。本来、見習いのおゆきと自分は呼ばれる立場にないのだが、坂田屋との関わりでお亀久も招かれることになり、ついでにおゆきも招かれた。

お伊代の父である与力は忙しいのか、この場にいない。ひとりでやってきたお伊代の母は、顔立ちが娘によく似ていた。着物は地味な色合いながら高価な縮緬《ちりめん》で、いかにも裕福な与力の奥様らしい。

だが、土屋がいなくなったとたん、娘に鋭い目を向けた。

「酒は結構。それより、家の主人が祝いの席からいなくなるとは何事ですか。今日はあらかじめ休むことになっていたのでしょう」

「ですが、夫は医者ですから。怪我人をほったらかしにして、祝宴を続けるわけにはまいりません」

「ええ、そうですよ。お産と怪我は待ったなしです。あたしらは気にしておりません」

堂々と言い返したお伊代にお稲も横から助太刀する。それが気に入らなかったのか、お伊代の母は裾をさばいて立ち上がった。

「どうやら、私とは考えが合わないようです。邪魔者は退散しますから、後は気の合う方々でごゆっくり」

あからさまな嫌みを残し、座敷から出ていってしまう。お伊代はその後を追っていき、残された四人は互いの顔を見合わせた。

「あたしゃ長いこと産婆をしているけれど、こんな帯祝いは初めてだよ」

「ええ、本当に。それにしても実の母親が途中で帰っちまうとはねぇ。御新造様の初めての子だってのに、娘が心配じゃないんですかね」

「相手はお武家の奥様だ。あたしらとは違うのさ」

お夕ネ様とお稲がこそこそ陰口を叩いていると、ほどなくお伊代が戻ってきた。

「お客様を放っておいて、申し訳ありません。ささ、どうぞ膳に手を付けてくださいまし」

せっかくの帯祝いがこんなことになってしまい、一番こたえているのはお伊代自身のはずである。ぎこちなく取り繕う姿を見て、お夕ネ様は励ますように微笑んだ。

「それじゃ、遠慮なくいただきます。ほら、あんたたちも箸《はし》を取りな」

おゆきは待ってましたとばかりに箸を持ち、さっそく料理を食べ始める。お亀久もおずおずとそれに続いた。

「おや、この田楽はいい味だね。どこの仕出しを取ったんです」

お夕ネ様が明るい声を上げ、お稲も煮物の鉢を取り「あら、おいしそう」と料理をほめる。お伊代はうれしそうに目を細めた。

「刺身は魚屋に頼みましたが、他は私が作りました。お口に合ってよかったわ」

「御新造様は料理上手だね。さっきの母上のお仕込みかい」

意外そうなお夕ネ様に、たちまちお伊代の顔が曇る。

「いえ、実家の女中に教わりました。私は母に疎まれておりましたので」

武家は町人以上に跡取りの男子が欠かせない。お伊代には二人の姉がおり、母は三人目を身籠ったとき、「次こそ男子を」と神仏に強く願ったそうだ。

しかし、娘のお伊代が生まれてしまい、三年後にようやく長男が生まれたときは、母はうれし涙に暮れたとか。

「ただ三十路《みそじ》を過ぎた子のせいか、弟は生まれつき身体が弱く……三女の私が丈夫なことが母は面白くなかったようです」

――どうして、女に生まれたのです。おまえが男に生まれていれば、何の苦労もなかったものを。

弟が寝込むたびに責められたと聞いて、お亀久はさすがに同情した。

「いくら何でもあんまりです。お伊代様だって好きで女に生まれたわけではないのに」

「それでも、私を責めた母の気持ちもわかるのです。武家の女は跡取りを産むことが一番の仕事ですから」

淡々と返されて、お亀久の眉間が狭くなる。

自分がお伊代の立場なら、とてもそんなふうに思えない。武家育ちは物わかりがいいと呆れていたら、お伊代が意味ありげに微笑んだ。

「もっとも母方の祖母に言わせると、私は見た目だけでなく、気性も母に似ているとか。母も親の勧める縁談を嫌がって、父に嫁いだそうですから」

格上の家に嫁げば、何かと肩身が狭くなる。それが嫌で実家と同じ与力の家に嫁いだのに、お伊代の母は息子が生まれないことを姑に激しく責められたそうだ。

「私は祖母からこの話を聞き、町人に嫁ぐことを決めました。町人ならば、産んだ子が男でなくとも許されるだろうと思ったのです」

しかし、親にそんなことを言えば、反対されるのは目に見えている。そこで、父の気に入りの金創医が男やもめだと知って、自ら「土屋の後添いになりたい」と申し出たという。

「では、親に命じられて土屋先生に嫁いだのではないのですか」

いまはともかく、最初は泣く泣く年の離れた町医者の後添いになったと思っていた。お亀久が驚いて目を剝《む》けば、お伊代はおっとりと微笑んだ。

「ええ、さんざん土屋をほめた手前、父も反対できまいと思ったのです。一か八かの賭けでしたが、幸いうまくいきました」

だが、お伊代の母は最後まで反対した。「娘が町人の後添いになるなんて、家の恥だ」と言い張ったそうだ。

「元々疎まれておりましたが、反対を押し切って嫁いだことが駄目押しとなったのでしょう。それでも身籠ったことを伝えたら、母は喜んでくれたのですが……」

悲しげに肩を落とすお伊代にお夕ネ様がうそぶいた。

「母上はきっと御新造様がうらやましいのさ」

「おタネ様、それはどういう意味でしょう」

年の離れた町医者は、与力の妻がうらやむような嫁ぎ先ではないはずだ。お亀久が腑に落ちないと問い返せば、おタネ様が顎を反らす。

「御新造様の母上は窮屈な暮らしを嫌い、与力の家に嫁いだんだろう。ところが、鬼みたいな姑がいたせいで目論見倒れになっちまった。一方、娘は姑のいない町人に嫁ぎ、のびのびと暮らしている。若いころの我が身と比べて、妬んでもおかしくないじゃないか」

「なるほど、そういうことですか」

真っ先にうなずいたのは、器量よしのおゆきである。お稲も納得したような顔つきになり、お伊代は力なく目を伏せる。

そこで、おタネ様が「でもね」と続けた。

「どんなに我が子が妬ましくても、心底嫌いになれないのさ。もちろん、鬼のような母親だっていないわけじゃないけれど、普通は我が子が生まれたときの喜びを一生覚えているからね」

おタネ様の言葉を聞きながら、お亀久は我が身を振り返る。

ひょっとして、うちのおっかさんもあたしが妬ましかったのかしら。自分は坂田屋に嫁いで苦労したのに、娘は嫁にも行かないで好き勝手ばかりしているから。

お亀久だって親に逆らうたびに、申し訳なく思っていた。できることなら親に従い、「孝行娘だ」と言われたかった。

しかし、おタネ様の話が本当なら、己の意を通してもいいだろう。母の妬み心が言わせることなんて、いちいち気に病むことはない。お亀久は妙にすっきりして、再び箸を動かしだした。


毎日懸命に生きていれば、時が過ぎるのはあっという間だ。お亀久は一月の半ばから、お稲にくっついて身重の客を回るようになった。

女は十月十日かけて、腹の中で子を育てる。

それは誰でも一緒だけれど、つわりの重さや食欲の変化、腹の大きくなり具合など、子が生まれるまでの道のりは大きく異なる。

月のものが来なくなっても身籠ったと気づかない人もいれば、十月十日の大半をつわりで苦しむ人もいる。

また「お産は病ではない」とこき使われて、腹の子が流れることもある。挙句、「おまえが悪い」と周りに責められ、本物の病になる人もいる。

だから、「頭でこういうものだと決めつけず、産婆は客の味方をしてやるべきだ」と、お稲はお亀久に言って聞かせた。

「いまだから言うけど、あたしはあんたが気に食わなかった。金持ちのお嬢さんの気まぐれに付き合ってやる義理はない。あんたが産婆に向いているなんて、おタネ様も焼きが回ったと思ったもんさ」

だが、お亀久が見習いとして八丁堀に住み込むようになってから、お夕ネ様は元気になった。それでも「お嬢さん育ちに務まるものか」と侮《あなど》っていたけれど、親に逆らって産婆見習いを続ける姿を見て、お稲はお亀久を見直したという。

「お夕ネ様はきっと、あんたが一人前になる前に死んじまう。でも、あたしが一人前の産婆にしてやるから、しっかり見て学ぶんだよ」

お夕ネ様の年を考えれば、十中八九そうなるだろう。お亀久は「よろしくお願いします」と頭を下げた。

そして、桜の花が咲いて散り、初鰹《はつがつお》売りが現れて、いつの間にか梅雨《つゆ》になり——時の流れに従って、妊婦の腹は大きくなる。

お伊代が産気づいたのは、梅雨が明けて間もない蒸し暑い日の昼下がりだった。

「土屋伯陽の使いの者です。御新造様が産気づいたので、すぐに来てほしいと先生がおっしゃっておいでです」

血相を変えてお夕ネ様の家にやってきたのは、帯祝いの席に駆け込んできた土屋の弟子である。一昨日《おととい》、お稲はお伊代の腹に触れて「いつ産気づき、呼ばれるかわからない」と昨日から家で控えていた。

お亀久は待ってましたとばかり、お産に使う道具をまとめた風呂敷包みを胸に抱える。お稲は使いの弟子に応えた。

「すぐに行くから、おまえさんは先に戻っとくれ。お亀久、その風呂敷包みをこっちに寄越しな」

いきなり出鼻をくじかれて、お亀久は不満を込めてお稲を見る。お稲は見下すように鼻を鳴らした。

「あんたとあたしが出かけちまったら、誰がお夕ネ様を連れてくるのさ。おゆきは夕方まで戻ってこないよ」

叱るように告げられて、お亀久は肝心なことを思い出す。お伊代はいまのところ順調だが、心配性な金創医は産婆の神様にこだわっていた。今日は久しぶりにお夕ネ様にも付き合ってもらうのか。

「あたしは先に行っている。あんたはお夕ネ様を駕籠に乗せて一緒においで。このところの暑さがこたえているようだから、慌てなくていいからね」

早口で言い捨てて、お稲は出ていってしまう。お亀久は急いで二階に上がり、寝ているお夕ネ様に声をかけた。

「お夕ネ様、起きてください。お伊代様が産気づいたと知らせが来て、お稲さんが先に出かけました」

「何であたしが……ああ、そうか。土屋先生と約束していたっけね」

どうやら思い出したようで、お夕ネ様が身を起こす。お亀久はそれを見届けてから、駕籠を呼ぶべく表に出た。

檜物町に駆けつけると、産屋《うぶや》の支度は整っていた。お伊代は重ねた布団に寄りかかっていたのだが、

「おタネ殿、よく来てくれた。妻と子をよろしく頼む」

青い顔の土屋が飛んできて、年寄りの産婆の手を握る。お伊代とお稲はそんな土屋を見て笑っていた。

「名医と言われる先生がいまからその調子でどうするのさ。心配しなくとも、御新造様はきっと安産だよ」

おタネ様は笑顔で請け合って、うろたえる医者の背を叩く。おかげで少し落ち着いたのか、土屋はぎこちなくうなずいた。

「そ、そうだな。初産《ういざん》は長くかかると聞いている。いまから緊張していては、肝心なときに力が出ない」

いや、肝心なときに力を出すのは、土屋ではなくお伊代である。お亀久は内心呆れつつも微笑ましく眺めていたが、お稲は表情を引き締めた。

「先生がこの調子じゃ、何かあってもあてにできない。いっそ怪我人が運ばれてきて、いなくなってくれるといいんだけど」

そう言いたくなる気持ちはわかるが、いまの土屋は危なっかしい。お亀久はお稲とは反対に、怪我人が来ないことを祈った。

長い夏の日が沈み、庭に面した縁側では蚊やりが焚《た》かれている。誰もがしきりと汗を拭く中、一番汗をかいているのは間違いなくお伊代だろう。

徐々に陣痛の間隔が短くなり、うめき声が大きくなる。土屋はなすすべもなくそばに立ったまま、お伊代が痛みで顔を歪めるたび、同じように顔を歪めた。

お夕ネ様はすべてお稲に任せるつもりか、いつもの赤タスキもしていない。うろたえる土屋を面白がって眺めている。

ところが、お稲はそんな亭主が目障りでならないらしい。とうとうお亀久にそっと命じた。

「子宮口が開ききるまで、もうちょっとかかる。あんたはうまいことを言って、先生を連れ出しとくれ」

わざわざ『産論』まで読んで出産に備えていた土屋だが、実際のところは役に立たない。お亀久は土屋の袖を引っ張った。

「先生、お産は順調ですから、ちょっと外に出ませんか」

「いや、だが……」

目を離したら大変なことになると言いたげに、土屋は妻から目を離さない。お亀久はうっかり笑ってしまった。

「お医者の先生でも、そんなふうになるんですね。でも、お伊代様は大丈夫ですよ」

いままで何度も赤ん坊が生まれるところを見てきたのだ。自信たっぷりに請け合えば、土屋が決まり悪げに顎を掻く。そして、お亀久と共に産屋を出た。

「こんな姿はとても患者に見せられん。お亀久ちゃんも坂田屋さんには言わないでくれ」

「もちろんですとも」

言ったところで、恐らく誰も信じないだろう。普段の土屋は血まみれの怪我人を叱りつけ、容赦なく傷口を縫い合わせているのだから。お亀久が笑顔でうなずくと、土屋はふと真剣な顔つきになる。

「なぁ、お亀久ちゃん。そろそろご両親を許してやらないか」

「えっ」

「今年の正月にお内儀と喧嘩をして、ずっと坂田屋に戻っていないだろう。坂田屋さんはともかく、お内儀はずいぶん心配していたぞ」

母は娘が気になるものの、自分から折れるつもりはないらしい。そこで、何かにつけて土屋を呼び出し、お亀久の様子を探っているとか。

「聞けば、万紀の次男に言い寄られているそうじゃないか。わしはいい縁談だと思うが、何が不満だ」

遠慮がちに尋ねられ、お亀久は着物の胸を押さえた。懐の中には紀次にもらったものの、一度も挿したことのない銀簪がある。

年が離れていたせいか、紀一郎がお亀久にくれたのは菓子ばかりだった。高価な簪をもらって胸が弾んだのは間違いない。

それでも、その簪を髪に挿す気にはなれなかった。周りに「その簪はどうしたの」と聞かれたくない。

次に紀次さんと会ったら簪を返そう――お亀久はそう考えて持ち歩いているのだが、正月以来、顔を合わせていなかった。

「万紀の次男が嫌なら、他の男でも構わない。一番の親孝行は、嫁に行って孫の顔を見せてやることだぞ」

やけにしみじみと諭されて、お亀久はいささかムッとした。これから親になるくせに、一人前に親の気持ちを語らないでもらいたい。

「おっかさんが、あたしは死んだことにするって言ったんです。死んだら親孝行なんてできません」

「そう意地の悪いことを言うな。どうしても産婆になりたいなら、わしからも坂田屋さんに口添えしてやる。一生独り身を通すなどと悲しいことは言わんでくれ」

親は子よりも先に死ぬ。だからこそ、娘をしっかりした相手に嫁がせたがると、土屋は言った。

「昔から『親孝行したいときに親はなし』と言うだろう。坂田屋さんもお内儀もまだ若いが、死は突然訪れるぞ」

それは医者としての感慨か、両親を亡くした息子としての後悔か。お亀久はじっと土屋を見た。

「ええ、死が突然訪れることは、誰よりよく知っていますとも。だから、あたしは夫を持ちたくないんです」

一度は両親の思いに応えるべく、紀一郎との縁談を承知した。

しかし、紀一郎は紀州に行き、二度と帰ってこなかった。あんな悲しい思いは二度としたくない。

「先生だって前の御新造様が亡くなってから、長い間後添いをもらわなかったでしょう。あたしだって十年もすれば、考えが変わるかもしれません。でも、いますぐは無理ですよ」

身に覚えのある土屋はいかにも困った顔をする。ややして、「そこまで惚れておったのか」と気の毒そうな目で見られ、お亀久はあいまいに微笑んだ。

紀一郎に寄せる思いは、強《し》いて言うなら「信用」だ。

自分を一生守ってくれると思ったのに、あっけなく死んでしまった。もう誰かを当てにして、当てが外れるのは真っ平だ。

そんな思いをどう伝えようかと思ったとき、襖の向こうでひときわ大きな声がした。土屋が血相を変えて産屋に飛び込み、お亀久も慌てて後に続く。

「よし、子宮口が開ききった。お亀久、何をぼんやりしてんだい。早くこっちに来て、手伝いな」

「はいっ」

お伊代が産気づいてから、すでに四刻（約八時間）以上が経っている。お亀久と土屋は力綱を握るお伊代のそばに近寄った。

「いいかい、痛みの波に合わせていきむんだよ。腹の中の赤ん坊も狭い産道を必死に下りてきてんだから。ほら、ひの、ふの、みぃっ」

股を探るお稲の掛け声に合わせ、お伊代は歯を食いしばる。

女の産みの苦しみはいつ見ても大変で、見慣れるということはない。もはや出番のないお亀久は手に汗を握りつつ、「ご両親を許してやらないか」という土屋の言葉を噛みしめた。

お夕ネ様の話だと、自分は難産だったとか。母は目の前のお伊代よりもっと長く苦しんだに違いない。そう思ったとたん、母への怒りが溶けていった。

一方、土屋は目を血走らせ、妻の股の間を凝視している。

「おい、出血が多すぎないか」

「これくらい平気だよ。御新造様、気にせずもっといきんどくれ」

赤ん坊の身体の一部が外に出たら、もたもたしてはいられない。土屋の余計な一言でお伊代の集中が途切れたのか、お稲は大声で発破《はっぱ》をかける。すかさず、横にいたお夕ネ様が土屋に怒鳴った。

「横からごちゃごちゃうるさいね。余計な口は閉じといでっ」

その気迫に圧倒されて、土屋は続く言葉を吞み込んだ。お亀久は瞬《まばた》きを忘れ、ひたすらお稲の手元を見つめる。

「よし、頭が全部出た。御新造様、もうひと息だよ」

一番大きな頭が出れば、後はこっちのものである。

お伊代はお稲の声にうなずいたのか、痛みで首を振っただけか。最後の力を振り絞り、獣のような声を上げる。

そして、誰もが待ちわびた赤ん坊の産声《うぶごえ》が響き渡った。

その六　産婆《さんば》のタネ

一

冬の寒さは炬燵《こたつ》や火鉢でしのげるけれど、うだるような夏の暑さを追い払う手立てはない。昼はいくら行水をしても、すぐまた汗が吹き出てしまう。夜は夜で寝苦しく、蚊帳《かや》の中で延々と寝返りを打つ羽目になる。

そんな日々が長く続けば、誰しも食が細くなる。お夕ネ様もお伊代のお産が終わって間もなく弱り始め、七月に入ってからは食事も床で摂ることが増えた。

お亀久は少しでも食べてもらおうと、できるだけさっぱりしたものを膳に並べてみたけれど、年寄りは一口か二口で箸《はし》を置いてしまう。見かねて医者を呼ぼうとすると、当の本人に断られた。

「これくらいで医者にかかるなんてもったいない。病《やまい》というわけじゃなし、涼しくなったらよくなるよ」

薄い布団《ふとん》の上から気だるそうに言われると、こっちはますます心配になる。

何しろ、お夕ネ様の年が年だ。指をくわえて見ているうちに、取り返しのつかないことになったら困る。「具合がよくなるまで、そばについていたい」と言えば、それもピシャリと撥ねつけられた。

「ようやく産婆見習いらしくなったところじゃないか。あたしをダシにして、怠けるなんて許さないよ」

そんなことを言われても、おタネ様がひとりのときに何かあったらどうするのか。そこでお稲やおゆきにも相談したのだが、

「たかが暑気あたりで大げさだよ。本人が大丈夫だと言うのなら、好きなようにさせればいいじゃないか」

一緒に暮らしていないせいか、おゆきは平然としたものだ。お亀久はたまらず言い返した。

「でも、急に具合が悪くなったらどうするの」

「そんなことを言っていたら、お亀久ちゃんはおタネ様が亡くなるまで産婆の修業ができないよ。あんたはそれでもいいのかい」

あと半年で七十四になるおタネ様だ。ある日突然死んだとしても、それは寿命だとおゆきは言い切る。

お亀久も頭では、そういうものだとわかっている。

それでも、気持ちは納得しない。「縁起でもないことを言わないで」と食って掛かり、横からお稲に窘《たしな》められた。

「あたしだっておタネ様の具合は気がかりだけど、あんたが二六時中そばに控えていたって気詰まりだよ。ここは本人の望みに従うべきじゃないかねぇ」

「でも、去年の夏より弱っているから心配で……」

あきらめきれずに呟けば、お稲が渋い顔になる。

「そりゃそうさ。もうすぐ、お松さんの新盆だもの」

今年の正月二日、神田岩本町《かんだいわもとちょう》に住む産婆のお松が殺された。

お松殺しの下手人は「女房が死産の末に死んだのは、産婆のせいだ」と、お松を逆恨みしたのである。

盆の間はあの世に逝った魂がこの世に戻ってくるという。おタネ様は殺された仲間を思い、元気をなくしているのだろうか。

あたしだって紀一郎さんが山崩れに遭ったときは、「あたしの許婚《いいなずけ》になったせいで、こんなことになってしまった」と申し訳なく思ったもの。おタネ様も改めて責任を感じているんでしょうね。

そういうことなら、なおさら放っておけないと思う反面、ひとりで居たがるおタネ様の気持ちもわかる。盆が明けるまでそっとしておくことにしたものの、食事はもっと摂らせないとまずいだろう。

七月八日の夕方もお亀久は客の家へ向かう途中で、お稲に今晩のお菜《かず》について相談をしたのだ

が、

「久しく食べていないし、今晩は煮物にしちまいな。あんたは先にに家へ戻って、お佳代《かよ》さんのところのこんにゃくが入ったのを買っといで」

「えっ」

「できるだけ鍋の底にあるやつを掬《すく》ってもらいな。味がよく沁みているほうがお夕ネ様の好みだから」

予期せぬ答えが返ってきて、お亀久は目を丸くした。

七月は暦《こよみ》の上では秋とはいえ、お天道様は今日も容赦がなかった。照り付ける日差しで鬢付《びんづ》け油が溶けて流れてしまい、お稲の髷《まげ》はすっかりだらしなくなっている。自分の単衣《ひとえ》も汗で濡れ、色が変わっているはずだ。

こんな日にアツアツの煮物なんて誰が食べたいと思うのか。お亀久が呆れた目を向けると、

「わかってないね」と笑われた。

「このところ、そうめんだの、冷やっこだの、ろくに味がしないものばかりだったじゃないか。思い切って目先を変えりゃ、お夕ネ様も箸を取るだろう」

「だからって、アツアツの煮物ですか？　しかも鍋の底にあるやつなんて、しょっぱいだけでしょう」

お稲の言う「お佳代さん」は、本八丁堀《ほんはっちょうぼり》二丁目で煮売り屋を営む女主人だ。そこの煮物は江

戸っ子好みの濃い味付けで、お亀久は少々苦手である。お夕ネ様も元気なときは好物でも、いまは食べたくないだろう。

しかし、お稲はすました顔で言い返した。

「いまはたくさん汗をかくから、塩辛いものがいいんだよ。河岸《かし》の人足だって濃い味付けを好むじゃないか」

「それは力仕事をして、酒を飲むからです。お夕ネ様は女の年寄りで、身体が弱っているんですよ」

「だから、今夜もそうめんかい？　好物だって毎日食べれば飽きが来る。味の薄いものが続いたら、味の濃いものが食べたくなるさ」

強い調子で決めつけられて、お亀久はひと足先に帰ることになった。

お稲さんの言い分もわかるけど、いくら何でも煮物はないわ。あたしはしょっぱい煮物より、今日もそうめんのほうがいいわよ。

お夕ネ様のためと言いながら、お佳代の煮物が食べたいのはお稲自身に決まっている。お亀久は内心文句を言いつつ、お天道様が沈みだした西の空に目を向けた。

いまも日差しは強いけれど、先月に比べて日の暮れが早くなった。耳をすませば周囲の喧騒を縫って、ひぐらしの声が聞こえてくる。

盆が明ければ、いまより涼しくなるだろうか。お亀久は手で廂《ひさし》を作り、目を射る西日をさえぎった。

今年の盆はいままでになく忙しいわね。魚屋の加吉さんや紀一郎さんに加え、おタネ様やお松さんに代わって水子供養もしなくっちゃ。

お亀久は土屋の子が生まれた翌日、坂田屋に行って母と会った。正月に言い過ぎたことを謝って、「あたしを案じてくれるおっかさんの気持ちはありがたいけど、どうしても産婆になりたいの」と改めて頭を下げたのだ。

すると、母はこれ見よがしにため息をついた。

――いまのあんたを無理やり嫁に出したところで、姑《しゅうとめ》に睨まれて離縁されるのは目に見えている。産婆見習いでこの先つらい思いをすれば、きっと考えも変わるだろう。

言うことにいちいち棘《とげ》があるが、それでも一歩前進だとお亀久は思った。

十三日の盆の入りはまず坂田屋に顔を出し、翌日は万紀に行って紀一郎に手を合わせる。そして「紀次さんと一緒になる気はない」と主人夫婦に告げた上、紀次にもらった銀簪《ぎんかんざし》もそのときに返すつもりだった。

もっとも、あの紀次さんが素直に受け取るとは思えないけど。見栄っ張りだから、「いらねぇなら、捨てろ」って言われそうね。

ため息をついて路地に入ると、見慣れた軒燈《けんとう》の前を若い女がうろついている。お亀久はその場で足を止め、物陰から様子をうかがった。

ここからでは顔が見えないが、髪は丸髷、着物は縮《ちぢみ》、後ろ挿しの簪は本物の珊瑚《さんご》のようである。見るからに裕福な若妻が産婆の家の前で行きつ戻りつしているなんて、いかにも厄介事の匂いがする。お亀久は慎重に歩み寄った。

「あの、何か御用ですか」

そっと声をかけたとたん、相手は弾かれたように振り返る。夕日に照らされたその顔を見て、お亀久は思わず声を上げた。

「お八重ちゃん、お八重ちゃんよねっ。一体全体どうしてここに」

人妻らしく眉を剃り鉄漿《おはぐろ》をしていても、長い付き合いの幼馴染みを見間違えることはない。前よりも少し痩せたようだが、勝ち気そうな顔立ちは昔のままだ。

棄捐令《きえんれい》のせいでお八重の実家、札差相模屋は潰れてしまい、お八重は跡取り娘でなくなった。その後、料理屋に嫁いだと父から教えられたけれど、折に触れて「いまごろどうしているだろう」とずっと気にしていたのである。

ここで会ったが百年目、いや、神様のお導きか。

思いがけない再会に手放しで喜ぶお亀久と違い、お八重は訝《いぶか》しげに眉を寄せる。やや して、大きな目をさらに見開いた。

「誰かと思えば、お亀久ちゃん？　どうして、あんたがそんな恰好でここにいるのよ。まさか、坂田屋のおじさんに勘当されたんじゃないでしょうね」

いまも繁盛している札差の娘が貧乏人と変わらぬ姿《なり》をして、浅草《あさくさ》から遠く離れた八丁堀にいるのが信じられないようである。甲高い声を上げられて、お亀久は幼馴染みの口を塞いだ。

「詳しいことは中で話すわ。とにかく、上がってちょうだいな」

お亀久は煮物のことなどすっかり忘れ、お八重を家の中に誘《いざな》った。


「……そういうわけで、あたしは産婆見習いとしておタネ様のところに住み込んでいるの。いまはもう男も血も怖くないのよ」

茶の間で幼馴染みと向かい合い、会わなくなってからのことを打ち明ける。お八重は口を開けたまま黙り込み、穴が開くほどお亀久を見つめた。

「あの引きこもりだったお亀久ちゃんが産婆見習いにねぇ。この目で見ても、まだ信じられないわ」

ため息をつく幼馴染みに、お亀久は「いつまでも閉じこもっているな」と叱られたことを思い出す。自分はお八重に言われた通り、ちゃんと外に飛び出した。

「あたしはもう誰かの嫁になりたくないの。産婆になれば、独り身でも食べていけるでしょう」

「自分の子より他人の子を取り上げたいなんて物好きねぇ。坂田屋の娘なら、どこに嫁いでも大事にされるのに」

「あたしは親の七光りじゃなく、自分の力で生きたいのよ。お八重ちゃんだって『兄さんの代になったら実家を頼れない』と言っていたでしょう」

お八重も言った覚えがあるのか、少々気まずげに口を閉じる。お亀久は時の流れを感じ、実家で閉じこもっていた六年間を振り返った。

あのころは助けてくれた加吉に申し訳なくて、役立たずの自分が情けなくて、生きているのがつらかった。このままでは駄目だ、何とかしたいと思いながらも、怖くて外に出られない。いたずらに時を無駄にして、ますます自分が嫌になった。

だが、赤ん坊がこの世に生まれる瞬間を見て、自分も新たに生まれ直した。

捨て損なったこの命を使い、まっさらな命を救いたい。

いまは産婆見習いとしてほとんど役に立たないけれど、怯えて無為に生きていたあのころとは違う。そんな自負がお亀久の口を軽くした。

「ところで、お八重ちゃんは料理屋に嫁いだと聞いたけど、いまはどこに住んでいるの？　相模屋のおじさんとおばさんは何をしているのかしら」

思いつくまま尋ねれば、お八重の顔に影が差す。

お亀久は立ち入り過ぎたかと後悔したが、一度口から出た言葉は戻せない。気まずい雰囲気が漂う中、いつもより一段低いお八重の声がした。

「……うちの両親は千住《せんじゅ》にいるわ。達者かどうかはわからないけど」

相模屋が潰れた後、方々に頭を下げてお八重を嫁がせた両親は親戚を頼って江戸を出たという。

「おとっつぁんは見栄っ張りだから、江戸にいるのがつらかったみたい。とはいえ、千住の親戚のところでも肩身の狭い思いをしているはずよ」

「そ、そうだったの」

札差としてさんざん贅沢《ぜいたく》をしてきただけに、落ちぶれた暮らしはつらいだろう。お亀久の相槌にうなずいて、お八重は淡々と話し続ける。

「あたしの嫁ぎ先は葺屋町《ふきやちょう》の料理屋、水月《すいげつ》よ。市村座のそばにある店だから、人気役者もよく来るわ」

江戸三座の市村座なら、去年の顔見世《かおみせ》で足を運んだ。そのとき水月の前を通ったかもしれないと思いつつ、お亀久は一番肝心なことを口にした。

「それで今日は何の用でここに来たの？」

お八重の住む葺屋町は日本橋《にほんばし》の北東にあり、本八丁堀二丁目は南である。わざわざここまで来なくとも、近所に産婆はいるだろう。お亀久がひそかに身構えていると、幼馴染みは苦笑した。

「もちろん、子ができるようになる相談よ。八丁堀のお夕ネって産婆にお願いすると、跡取りを授かれるんでしょう」

正月にも魚勝の主人が同じ用件で訪ねてきたが、両替商和泉屋の作り話はずいぶん広まってしまったようだ。まったく困ったことになったと、お亀久はこめかみを指で押す。

「その噂はでたらめよ。いくら産婆の神様と呼ばれていても、お夕ネ様は本物の神様じゃないんだもの。それにお八重ちゃんは嫁いで二年にもならないし、慌てなくとも大丈夫じゃないかしら」

したり顔で諭したとたん、相手の表情が一変した。

「いざとなれば実家を頼れるお亀久ちゃんとは違うのよ。あたしは水月を追い出されたら、出戻る先なんてないんだから」

水月は人に知られた料理屋で、本来ならば実家が潰れた娘の嫁げるような店ではない。にもかかわらず、お八重の嫁入りが決まったのは、水月の跡取り龍太郎《りゅうたろう》にもまともな縁談がなかったからだ。

「料理屋は芸者がよく出入りするの。うちの人は男ぶりがいいもんだから、商いを覚える前に女遊びを覚えてね」

挙句、深い仲になった芸者に子を産ませ、嫁を取る前に妾《めかけ》を囲った。自分に縁談が回ってきたのはそのせいだと、お八重は勝気な顔を伏せた。

「妾の子は女の子だし、うちの人は器量好みだから夫婦仲は悪くないけど、先のことはわからない。妾が先に男の子を産めば、こっちが離縁されかねないわ」

そういう裏の事情があるなら、お八重が焦るのも無理はない。戸惑いながらも納得すると、幼馴染みが勢いよく顔を上げた。

「ねぇ、後生だから教えてよ。どうすれば、男の子が授かるの。産婆の神様の弟子なら、何か知っているでしょう」

女の子では駄目なのだと、お八重は黒い歯の間から唾を飛ばして訴える。その鬼気迫る表情にお亀久は胸が痛くなった。

跡取りを産めない嫁のつらさはこれまで何度も見聞きしている。

できることならお八重の力になりたいが、こればっかりはどうにもならない。それに跡取りを産んだって、幸せになれるという保証もないのだ。お亀久が途方に暮れていると、表戸の開く音に続き、「ただいま」と声がした。

二

「そういうことは思い悩むだけ無駄ってもんさ。どうせ頭を使うなら、姑に気に入られる工夫でもするんだね」

帰ってきたお稲に幼馴染みの身の上を伝えると、軽い口調で流された。それが癇《かん》に障ったのか、たちまちお八重はむきになる。

「その姑が『早く家継ぎの孫を産め』とうるさいんです。跡取りの嫁の一番の務めは男の子を産むことでしょう」

「だからって工夫や努力で男の子を授かれるなら、石女《うまずめ》として追い出される女なんているもんか」

子は授かりもの、まして男女の別なんて運任せだと断言されて、お八重はますます目を吊り上げる。

だが、若い娘に睨まれて怯むようなお稲ではない。ふんぞり返って胸の前で腕を組む。

「あんたも元は札差のお嬢さんだろう。たとえ離縁になったって、針仕事や代書をして己の口くらい養えるさ」

「他人事《ひとごと》だと思って適当なことを言わないでっ。ひとりで生きていけるなら、最初《はな》から水月に嫁いでないわ」

お八重も女癖の悪い龍太郎と一緒になるのは嫌だったのか。歯を剥《む》きだしにして噛みつかれたが、お稲はまるで動じなかった。

「別に、他人事だなんて思っちゃいないよ。あたしも子ができなくて、離縁されたクチだからね」

お稲は貧しい手間取り大工の娘で、二人の兄と二人の弟がいたという。

貧乏人の子沢山は、病や怪我でひとりか二人欠けるものだ。だが、お稲の家は全員無事に育ってしまい、暮らしはいつも苦しかった。

父は唯一の娘を奉公に出したがったけれど、母ひとりで男五人の世話をするのは大変だ。お稲は嫁に行くまで実家でこき使われたとか。

待ちに待った嫁入りは、お稲が二十歳《はたち》のときである。相手は三十過ぎのおもちゃ屋の主人だったそうだ。

「主人自ら変わった独楽《こま》の回し方や、新しいカルタ遊びの工夫をしていてね。店は繁盛していたけれど、なかなか子ができなくて。あたしは三人目の嫁だったのさ」

子供相手の商売だけあって、亭主は子供好きだった。

店の跡取りというより、純粋に血のつながった我が子が欲しかったのだろう。貧しいお稲に声がかかったのは、「若くて多産で男腹」を見込まれたからだった。

しかし、「三度目の正直」も残念ながらかなわなかった。お夕ネ様に言わせると、「どんなに畑がよくたって、種がなければ芽は出ない」ということらしい。

「亭主は悪い人じゃなかったけど、夫婦《めおと》だった三年間、年中『子はまだか』と聞かれてさ。あたしは離縁されて清々したのに、実家の親が『出戻りを置いておけない』とうるさくて。お夕ネ様を拝み倒して、産婆見習いになったんだよ」

黙って耳を傾けるお亀久と違い、お八重は腑に落ちないと言いたげに首を傾《かし》げた。

「何も産婆にならなくたって、仕事はいろいろあるでしょう。お腹の大きな女たちが妬ましくなかったの？」

「いいや、むしろ気の毒に思うくらいさ。嫁ぎ先で肩身の狭い思いをしながら、命がけで子を産むなんて」

世間には仲のいい家族もいるけれど、だらしない亭主や怒りっぽい舅《しゅうと》、意地悪な姑もざらにいる。お稲は嫁ぎ先だけでなく、実家でも自分のことを後回しにさせられたので、もう家族はいらないそうだ。

「赤ん坊はかわいいけど、好きでもない男と一緒になって、我が身を危険にさらすなんて真っ平だよ。あたしはおタネ様のように長生きしたいからね」

その正直過ぎる言い分にお亀久はお稲を睨んだが、本人は涼しい顔で「暗くなったから、もうお帰り」とお八重に告げた。

言われて外に目を向ければ、すでに日が暮れている。お亀久は慌てて立ち上がった。

「お八重ちゃん、早く帰らなきゃ。うるさいお姑さんに睨まれるわよ」

しかし、お八重は座ったまま動こうとしない。お亀久が再度急《せ》かしたら、顔を覆って泣き出した。

「男の子を産めば安泰だと思ったのに、お産で死ぬかもしれないなんて……あたしはどうしたらいいの」

かつての土屋と同じように、お八重は子を産むことを軽く考えていたようだ。お亀久は怖気《おじけ》づいた幼馴染みの背中をさすってやった。

「お産に危険は付き物だけど、無事に生まれることのほうが多いのよ。ことわざでも『案ずるより産むが易し』っていうじゃないの」

「でも、死ぬ人だっているんでしょう？　ああ、何であたしは女に生まれたんだろう。男として生まれていたら、相模屋だって潰れなかったわ」

「いまさらそんなことを言っても仕方がないわよ。子を産みたくないのなら、いっそ離縁してもらいなさいな。家から出られなかったあたしだって産婆見習いをしているのよ。お八重ちゃんもその気になれば、自分の食い扶持くらい稼げるわ」

だが、お八重は涙をこぼしながら首を左右に振り続ける。自分ひとりの稼ぎで貧乏暮らしをするよりも、水月の若女将《わかおかみ》でいたほうがいい暮らしができるからだろう。

幼馴染みの計算高さにお亀久がうんざりしていると、お稲がぴしゃりと言い放った。

「勘違いしなさんなよ。お産は命がけだけど、生まれた子を育てるほうがはるかに大変なんだからね」

お産は痛みを伴う大仕事だが、長くても三日でケリがつく。

だが、無事に生まれた赤ん坊が無事に育つとは限らない。まして一人前の跡取りに育てるには十数年、いや、母親が生きている限り目を光らせる必要があるのだとか。

「自分で産むのが怖いなら、それこそ妾に産ませればいい。お武家じゃ妾が産んだ子を正妻が育てるそうじゃないか」

「そ、そんなの嫌よ。他の女が産んだ亭主の子を育てるなんて」

「それじゃ、自分で産んで、育てるしかない。楽していい暮らしをしようったって、そうは問屋が卸さないよ」

お稲の言葉で、商家の嫁の宿命を改めて思い知ったらしい。お八重は青い顔のまま、おぼつかない足取りで帰っていく。その後ろ姿が見えなくなるまで見送っていると、お稲に声をかけられた。

「ところで、煮物は買ってきたのかい」

「あっ」

思いがけない再会にいまのいままで忘れていた。急いで買いに行こうとしたとき、暮れ六ツの鐘《かね》が鳴り出した。

「もう、いいよ。今日のお菜はあり合わせですませることにしよう。あんたはおタネ様の様子を見ておいで」

お稲に言われて二階に上がれば、おタネ様はよく寝ていた。

その穏やかすぎる寝顔になぜか胸が騒ぎ、お亀久は思わず声をかける。すると、閉じていた目がかすかに開いた。

「……うるさいねぇ。せっかくいい夢を見ていたのに」

寝ぼけ声で文句を言われて、お亀久は胸を撫で下ろす。そして、おタネ様に問いかけた。

「いい夢って、どんな夢ですか」

「あんたが起こすから、忘れちまった」

お夕ネ様は言い捨てて、ゴロリとお亀久に背を向けた。

草市はお盆に使うもの――迎え火に使うオガラや茄子《なす》や胡瓜《きゆうり》の飾り物、お供えの花などが売られる市だ。毎年江戸のあちこちで草市は立つけれど、なぜか大川《おおかわ》の東では七月十二日、西では十三日が多かった。

お亀久は十二日の夕方、夕餉《ゆうげ》の支度をしながら明日のことを考えた。

坂田屋に帰る途中で、両国広小路《りようごくひろこうじ》の草市に寄ったほうがいいかしら。用意していると思うけど、花は多くとも邪魔にならないもの。

そして、竈《かまど》に火を入れようと、しゃがみかけたときだった。

「すみません、お亀久お嬢さんはおいでですか」

表戸の開く音に続き、自分の名を呼ぶ声がする。急ぎ戸口に向かえば、すでにお稲が上がり框《がまち》に立っていた。

「おまえさんはどこのどなただい。お亀久に何の用なのさ」

「手前は坂田屋の手代で、富平《とみへい》と申します。いますぐお嬢さんを深川《ふかがわ》の材木問屋、万紀に連れてくるように主人から言いつかって参りました」

お稲の前に立っているのは、お亀久もよく知る奉公人だ。向こうもお稲の後ろにいるお亀久に気付き、こっちに向かって頭を下げる。

「お嬢さん、近くに駕籠《かご》を待たせてあります。そのままの姿で構いません。旦那様がお呼びですから、いますぐ万紀へ参りましょう」

その余裕のない表情にお亀久は嫌な予感がした。荒事にも動じない札差の手代が何をそんなに慌てているのか。

万紀がいまさらあたしに何の用よ。紀一郎さんの供養だとしても、盆の入りは明日でしょう。それとも、紀次のことで何か文句をつけられるのか。ためらうお亀久をよそに、お稲が振り返ってお亀久に命じた。

「何が何だかわからないけど、よほど大事な用があるようだ。あんたはこの手代さんといますぐ深川に行っといで」

「でも、夕餉の支度が途中で」

「後はあたしが引き受けるから。ほら、早く」

お稲にも急かされて、お亀久は駕籠に乗ることになった。

万紀のおじさんとおばさんは、あたしの恰好を見て何と言うかしら。やっぱり、着替えてくればよかったわ。

狭くて暗い駕籠に揺られていると、不安ばかりが募っていく。着替える暇を惜しむほどの急ぎの用とは何なのか。

おまけに先を急ぐせいで、いつも以上に駕籠が揺れる。永代橋《えいたいばし》を渡って万紀に着いたとき、お亀久はすっかり目が回っていた。

やむなく駕籠かきの手を借りて、よろめきながら地べたに立つ。お天道様は海の向こうに沈み、辺りは暗くなっていた。

慌ただしく通された万紀の座敷には、父坂田屋壮一がひとりで座っている。

その顔は強引に金を借りようとする旗本と向かい合っているときよりも剣呑で、お亀久の胸騒ぎがますます大きくなってしまう。普段から愛想のいい人ではないけれど、ここまで殺気立っているのは初めてだ。理由《わけ》もわからず怯えていると、万紀の内儀、お袖が足音も荒々しく飛び込んできた。

「お亀久ちゃん、よく来てくれたわね」

「おばさん、あの、ご無沙汰しています」

父と二人ではなくなって、お亀久の肩から力が抜ける。何食わぬ顔で挨拶を返したものの、手を取らんばかりの相手の態度に再び困惑してしまった。

てっきり「そんなみっともない恰好で」と、小言を言われると思ったのに。おとっつぁんばかりか、おばさんの様子もおかしいなんて一体何が起こったの。

十歳でかどわかしに遭ってから、お亀久はとかく悲観しがちである。行灯《あんどん》が明るく照らす座敷の中でひそかに恐れおののいていると、万紀の主人、佐紀蔵も現れた。

「お亀久ちゃん、久しぶりだね。いまは八丁堀で産婆見習いをしているそうだな」

さては紀次による告げ口かと、お亀久は横目で父を見る。

しかし、父は険しい表情を浮かべたまま、こちらを一顧だにしてくれない。迷った末にうなずくと、相手は咳払いした。

「その……お亀久ちゃんが産婆になりたいのは、紀一郎に操立《みさおだ》てをするためかい。知っての通り、紀次もお亀久ちゃんを嫁に欲しがっているんだが……」

「あたしに材木問屋の内儀は務まりません。それに紀一郎さん以外の人と一緒になるつもりはありませんから」

ここで「産婆になりたいから、嫁入りしたくない」と打ち明ければ、恐らく父に睨まれる。取り繕って答えると、佐紀蔵が歯を食いしばり、畳に額を擦り付けた。

「本当に申し訳ない。この通りだ」

這いつくばって詫びる主人の横で、お袖も頭を下げている。お亀久は目を丸くして、「やめてください」と声を上げた。

「二人とも頭を上げてくださいな。どうして急にこんなことを」

「親として息子の不始末を詫びさせてくれ。あの馬鹿は本当にとんでもないことをしでかしやがって……」

息子の不始末ということは、紀次が何かしたのだろうか。お亀久はすっかり困ってしまい、何も言わない父を見た。

「おとっつぁん、一体何があったんです。万紀のおじさんたちがどうしてあたしに頭を下げるんですか」

たまらず救いを求めれば、父はようやく口を開いた。

「詳しいことは本人に聞け」

すると静かに襖《ふすま》が開き、紀次が男を連れて入ってくる。お亀久は二人に目を向けて、すぐに我が目を疑った。

紀次の後ろにいるのは、真っ黒に日焼けした男だった。足元を見るようにうなだれているものの、座っているお亀久からは相手の顔がはっきり見える。その顔は紀次によく似ていて、いまにも泣き出しそうに歪んでいた。

「まさか……紀一郎さん？」

半信半疑で呼びかけると、二年ぶりに見た許婚は無言で肩を震わせた。

三

死んだはずの許婚が生きていた。

それは喜ばしいことなのに、本人も周りも様子がおかしい。誰もが後ろめたそうにお亀久から目をそらす。

果たして、佐紀蔵の詫びる「不始末」とは何なのか。

お亀久はすっかり動揺して、「生きていてよかった」と言う前に「いままでどこで、どうしていたの」と叱るように尋ねてしまう。紀一郎は顔を伏せたまま、言いづらそうに語り出した。

二年前、山崩れに巻き込まれた紀一郎は幸運にも生き埋めになることなく、麓《ふもと》近くの沢へ押し流された。そして、水を汲《く》みに来たおすえという娘に助けられ、九死に一生を得たという。

おすえは猟師の祖父と人里離れた山中で暮らしていた。二人は貧しい暮らしにもかかわらず、見ず知らずの怪我人を親身になって世話してくれたとか。

「だったら、どうして丸二年もまったく音沙汰がなかったの。万紀のおじさんは紀州に何度も人をやって、さんざん紀一郎さんを捜したのよ。人里離れた山の中でも知らせることはできたはずだわ」

こっちは自分のせいで紀一郎が死んだと思い、身投げしそうになったのだ。昂《たかぶ》った気持ちのまま大声を張り上げれば、紀一郎の声はよりいっそう小さくなる。

「……お亀久ちゃんには、すまないことをしたと思っている」

「あたしは詫びてほしいんじゃない。どうしていままで知らせがなかったのかと聞いているのよ」

要領を得ない相手の答えにお亀久は苛立ちを募らせる。佐紀蔵が見かねたように口を挟んだ。

「お亀久ちゃん、すまねぇ。この馬鹿は助けてくれた娘に惚れて、ずっと紀州で暮らしていたんだ。いまじゃ娘もいるそうだ」

では、好きな人ができたから、実家に知らせなかったのか。猟師の孫娘と別れて江戸に戻り、自分と一緒になるのが嫌だったから。

お亀久はそこまで言われて、ようやく「不始末」の中身を悟った。

「この馬鹿は親の気も知らないで……お亀久ちゃんが本当に身を投げていたら、この手で息の根を止めていたところだぜ」

血走った目で凄む佐紀蔵からは、本気の怒りが伝わってくる。紀一郎はますます猫背になり、消え入りそうな声で言い訳した。

「でも、おすえが助けてくれなければ、俺は間違いなく死んでいたんだ。命の恩人を捨てるなんて恩知らずな真似はできないだろう」

裏切った許婚を前にして、よくそんな口が叩けたものだ。お亀久は頭に血が上った。

「それじゃ、紀一郎さんを案じている江戸の親兄弟はどうなるのよ。命の恩人のためなら、あたしは捨てても構わないの？」

「……だから、悪かったと言っているじゃないか」

面と向かって詰《なじ》られて、紀一郎は開き直ったらしい。ふてくされたように口をへの字に曲げた。

「江戸に戻れば、俺は一生弟の紀次と比べられる。お亀久ちゃんの婿に納まっても、肩身の狭い思いをするだろう。それなら死んだことにして、惚れた相手と暮らしたいと思ったんだよ。お亀久ちゃんだって他の男よりましというだけで、俺に心底惚れていたわけじゃないだろう」

とことん身勝手な言い分にお亀久は言葉を失った。

この人は目先の面倒から逃れるために、目の前の人にやさしくしていただけなのね。あたしはその場しのぎのやさしさを見誤っていたんだわ。

そう思い至ったとたん、紀一郎への情は消え失せた。こんな男と一緒にならなくてよかったと、蔑《さげす》みを込めた目を向ける。

「だったら、どうして戻ってきたのよ。万紀の長男は死んだことにするんじゃなかったの」

呆れ半分問い詰めれば、紀一郎がようやく顔を上げた。

「今年の正月に娘が生まれて……いまも俺が生きていて、孫も生まれたことを両親に知らせたくなったんだ」

いくらおすえに惚れていても、坊ちゃん育ちの紀一郎に山暮らしは大変だった。おすえの祖父はたまに鹿や猪をしとめるが、それをさばくこともできない。薪割りをすれば腰を痛め、いつもおすえに笑われた。

それでも惚れた女と一緒なら、慣れない暮らしも苦ではない。一生そういう暮らしを続ける覚悟でいたのだが、生まれたばかりの小さな娘を抱いたとたん、「このままでいいのか」と迷いが生じた。

「紀州の山で暮らしていたら、赤ん坊が病になっても医者すら呼べやしない。運よく無事に大きくなっても、人並みに着飾らせることもできないんだ。だが、俺が江戸に戻れば……死んだはずの息子が生きていて、孫までいることを知らせれば、両親はきっと喜ぶだろう。おすえにも、もっといい暮らしをさせてやれる。そう思ったら、もう隠れてなんていられなかったんだ」

紀一郎の声は次第に掠れ、お亀久の目から逃れるようにまたうつむく。いかに虫のいいことを言っているか、さすがに自覚はしているようだ。

だが、我が子を思うがゆえに非難を承知で戻ってきたと知って、お亀久の怒りはほどけていった。

命がけで子を産む女と違い、父親になった男の反応はさまざまだ。子の性別にかかわらず、「母子ともに無事でよかった」と喜ぶ亭主ばかりではない。

生まれたのが娘と知ってがっかりしたり、不機嫌になる亭主もいる。「次は必ず息子を産め」と、赤ん坊の顔も見ないで産屋《うぶや》を出ていく亭主もいた。お亀久はそういう男を見るたびに、産婆見習いとして怒りに震えたものだ。

紀一郎は考えなしのろくでなしだが、それでも娘がかわいいらしい。そして、父親として何をしてやれるか精一杯考えて、自分が取り返しのつかない親不孝をしたことに気付いたのだろう。

あっさり許してやるのは癪《しゃく》だけれど、紀一郎の子に罪はない——とお亀久が思いかけたところで、弟の紀次が勢いよく立ち上がった。

「黙って聞いてりゃ、てめぇの都合ばかりつらつら並べやがって。どれだけ人を虚仮《こけ》にしたら気がすむんだっ」

「…………」

「長男のくせにお亀久の婿になると言って、万紀を俺に押し付けた。挙句、別の女と一緒になって赤ん坊まで生まれたなんて、どの面下げて言いやがる。俺は兄貴の尻拭いをするために生きているわけじゃねぇんだぞ」

紀次はこぶしを握り、うなだれる兄を容赦なく怒鳴りつける。紀一郎は黙って聞いていたが、ややして恨めしそうに弟を見上げた。

「万紀を押し付けたというけれど、おとっつぁんはおまえに万紀を継がせたがっていたじゃないか。俺は親の望みをかなえただけだ」

長男の紀一郎はおっとりとやさしい性分で、人と争うことが苦手な性質だ。言われたことは真面目にやるが、自ら考え、何かを進んでやることはない。佐紀蔵はそんな長男よりも、やんちゃな次男に目をかけていた。

「俺は親の言い付け通りにやっているのに、好き勝手をするおまえのほうが『見どころがある』とほめられる。『跡取りのくせに覇気がない』『弟を見習え』と言われることに嫌気が差して、俺は坂田屋への婿入りを承知したのさ。おまえがお亀久ちゃんに気があるのは知っていたけれど、お亀久ちゃんはおまえを嫌っていたじゃないか。俺が婿入りを断ったって、おまえに話はいかなかったよ」

どうやら、弟の恋心は兄にばれていたらしい。顔を赤らめ口をパクパクさせる紀次のそばで、佐紀蔵とお袖も目を剝《む》いていた。

「俺が戻ってこないのをいいことにお亀久ちゃんを口説いておいて、尻拭いだなんてよく言えたもんだ」

「何が『戻ってこないのをいいことに』だ。お亀久は死んだ兄貴の後を追い、身投げしようとしたんだぞ。放っておけるわけがねぇ。そっちこそお亀久を裏切っておきながら、よく戻ってこられたな」

「俺だって好きで山崩れに遭ったわけじゃない。それに身投げをしようとしたと言っても、お亀久ちゃんは無事じゃないか。俺ばかり責めなくたっていいだろう」

「てやんでぇっ。この恥さらしが」

「何だと」

激しくなる男たちの言い合いを、「兄弟喧嘩は後にしろ」とお亀久の父がさえぎった。

「それで、万紀はどうするつもりだね。紀一郎が女房と子を連れて、江戸に戻るのを許すつもりか」

口調こそ落ち着いているものの、父の目は刃物のように鋭く光っている。佐紀蔵はごくりと唾を吞み、緊張した面持ちで切り出した。

「坂田屋さん、本当に申し訳ない。紀一郎の婿入り話はなかったことにさせてくれ。もちろん、償い金は弾ませてもらうし、お亀久ちゃんさえよかったら紀次の嫁に来てもらっても……」

「おい、馬鹿も休み休み言え。お亀久が万紀に嫁いだら、自分を裏切った男と義理の兄妹になるんだぞ」

怒りもあらわに拒絶され、佐紀蔵は気まずそうに黙り込む。代わって、お袖が遠慮がちに口を出した。

「で、でも、お亀久ちゃんは産婆見習いをしているくらいだもの。男を恐れなくなったのなら、この先の縁談は選《よ》り取り見取りじゃありませんか」

「お袖さん、あんたも女の端くれだろう。お亀久は幼馴染みの紀一郎に裏切られたと知ったばかりだぞ。すぐに他の男と添う気になれると思うのか」

返す刀でバッサリやられ、お袖が唇を噛みしめる。そんな親同士のやり取りはお亀久の心と耳にも痛かった。

自分が「紀一郎以外の人と一緒にならない」と言い張ったのは、産婆見習いを続けるためである。さすがに後ろめたさが募り、黙っていられなくなった。

「おとっつぁん、あたしのことならもういいわ。紀一郎さんの仕打ちはこたえたけれど、赤ん坊に罪はないもの」

何とか取りなそうとしたものの、父は険しい表情を崩さない。娘以外の面々を射貫くようにじろりと睨む。

「おまえが許したところで、世間は違う。死んだはずの紀一郎が女房と子を連れて江戸に戻ってみろ。紀次にまともな縁談は来なくなるぞ」

許婚はいまも独りなのに、紀州で何をしていたと世間は紀一郎を白い目で見る。それを許した両親も物笑いの種になり、万紀は信用されなくなると父は言った。

「商人は信用が一番だ。紀一郎はその信用を踏みにじった。そんな男の弟に娘を嫁がせたい親がいるものか」

もっともな言い分にお袖の顔から血の気が引く。佐紀蔵は言われる前からわかっていたのか、膝頭を摑んだまま動かなかった。

「それに紀一郎の女房は猟師の孫娘だとか。話す言葉も違うだろうし、読み書きだって怪しいもんだ。紀次の妻はその山猿を嫂《あによめ》として敬う羽目になるんだぞ」

目の前で己の女房をこき下ろされても、紀一郎は何も言えない。お亀久はそんな幼馴染みを歯がゆく思い、まだ見ぬおすえが心配になった。

江戸で生まれ育った娘でも、育ちの違いは不縁の元だ。貧しい娘が玉の輿に乗った後、舅姑《きゅうこ》と折り合えなくて追い出されることはままあった。

紀一郎さんと赤ん坊はともかく、おすえさんは江戸でやっていけるのかしら。いっそ紀州にとどまったほうが幸せかもしれないわ。

水月に嫁いだお八重ですら、あれほど苦労しているのだ。山育ちの娘に万紀の嫁は務まるまいと思っていたら、父が佐紀蔵に詰め寄った。

「悪いことは言わないから、紀一郎を紀州に帰せ。死んだままにしておけば、お亀久も恥をかかずにすむ」

「坂田屋さん、何てことをおっしゃいます。そりゃ、お亀久ちゃんにはすまないことをいたしました。わたしの頭を下げてすむのでしたら、何度でも下げさせてもらいます。ですから、どうか紀一郎を許してやってくださいまし」

お袖は長男と孫を取り戻したい一心なのだろう。取り乱し、なりふり構わず父に縋《すが》ろうとした。しかし、父はお袖に目もくれず、紀一郎を睨《ね》めつける。

「おまえも娘の親になったのなら、わしの気持ちがわかるだろう。大事な娘を踏みつけにした男のことが許せるか」

「…………」

「お亀久の婿になると決まったとき、わしはおまえに言ったはずだ。坂田屋の娘に生まれたせいで、ひどい目に遭わせてしまった娘だ。必ず幸せにしてやってくれと頼んだわしに、『任せてください』と大口を叩いたのはどこのどいつだ」

まさか、父と紀一郎の間にそんなやり取りがあったとは。父の娘に寄せる深い思いを知り、お亀久は申し訳ない気分になった。

紀一郎はぐうの音《ね》も出ないのか、うつむいたまま動かない。お亀久はさんざん迷った末に、自分の考えを口にした。

「あたしはもう紀一郎さんを恨んでいません。世の中には生まれた我が子が女だとわかったとたん、興味をなくす亭主も多いのに、紀一郎さんは娘のために江戸に戻ってきたんだもの。でも、親子三人でいままで通り暮らしたほうが、おすえさんは幸せだと思います」

「お亀久ちゃんまで何てことを言うんです。そりゃ、紀一郎を恨む気持ちはわかるけど……」

お袖の勝手な決めつけにお亀久はうんざりしてしまう。だが、幼馴染みの女房のために気を取り直した。

「おばさんもよく考えてくださいな。おすえさんが江戸に来て、仲良くやっていけますか。相手は言葉も風習も違う土地で暮らしてきた人ですよ」

「でも、女は嫁ぎ先の流儀に合わせるものでしょう」

「おっしゃる通りですけれど、山の暮らししか知らない人が江戸の暮らしに馴染めると思いますか。食べたいものも食べられず、苦労気兼ねばかりして、痩《や》せ細るだけだと思います」

江戸っ子は大の魚好きだが、山育ちのおすえは馴染みがないだろう。またおすえが慣れ親しんだ獣の肉は、江戸ではなかなか手に入るまい。

お亀久が思いつくまま並べれば、お袖は嫌そうに顔をしかめる。紀一郎はそんな母親を見て、覚悟を決めたように口を開いた。

「確かに、お亀久ちゃんの言う通りだな。俺は死んだことにしたまま紀州に戻り、二度と江戸には戻らねぇ」

「紀一郎、何を言うのっ」

お袖が悲鳴じみた声を上げたが、紀一郎の考えは変わらなかった。

「さっきは言い返してしまったが、俺だって紀次に迷惑をかけたと思っている。これ以上、弟の足を引っ張るわけにはいかないよ。おとっつぁんもそう思うだろう」

「……おまえから言い出してくれて助かった。坂田屋さん、お聞きの通りになりました。このことはどうか内聞に願います」

「ああ、言われるまでもない」

男たちが勝手に話をまとめる脇で、お袖が金切り声を上げた。

「おまえさんまで何を言い出すんです。紀一郎はちゃんと生きているじゃありませんか。どうして死んだことにしなくちゃならないのっ」

長男の無事を喜んだのも束の間、また会えなくなってしまう。年甲斐もなく泣き出したお袖の背を紀一郎はやさしくさすってやる。そして、何もかも吹っ切れたような顔つきでこっちを見た。

「お亀久ちゃん、本当にすまなかった。俺のことは一日早く戻った亡者と思って見逃してくれ」

「ええ、紀一郎さんは昔からせっかちなところがあったものね」

互いに顔を合わせるのは、これが最後になるだろう。お亀久が「達者で暮らしてちょうだい」

と伝えれば、「何言ってんだ」と笑われた。

「亡者に達者もないもんだ。なぁ、紀次」

「……何だよ」

不意に話しかけられて、紀次の眉間にしわが寄る。紀一郎はかすかに目を細め、「いろいろすまなかった」と謝った。

「お亀久ちゃんの身投げを止めてくれて、本当に助かった。店と両親をよろしく頼む」

「言われなくともわかってるさ。それに兄貴が江戸に来られなくとも、俺と親父は紀州に行くことがある。これが今生の別れじゃねぇ」

ぶっきらぼうに答える弟を紀一郎は頼もしげに見つめている。お亀久はひとり泣き続けるお袖に声をかけた。

「おばさん、紀次さんの言う通りです。紀一郎さんや孫が江戸に出てこられないなら、おばさんが訪ねればいいんですよ」

紀一郎が戻るのはあの世ではなく、紀州の山の中である。いつでも訪ねられると言えば、お袖は勢いよく洟《はな》をすすった。

「簡単に言わないで。紀州の山なんて女の足で行けやしないわ」

「女の足で歩けないなら、船でも駕籠でも使えばいいんです。まだ見ぬ孫に会えると思えば、千里の道も遠くないでしょう」

お亀久はお袖を励ましながら、かつてお八重と交わしたやり取りを思い出した。

「紀一郎さんが山崩れに遭った後、泣き暮らしているあたしに幼馴染みが言ったんです。許婚が生きていると信じるなら、自ら紀州へ捜しに行けって。あたしは『そんなの無理よ』と言い返しました」

「そうでしょう」

お袖は我が意を得たりと言わんばかりに大きくうなずく。お亀久は「でも」と言葉を継いだ。

「いま『産婆になるために紀州の山で修業をしろ』と言われたら、あたしは行きます。女は一番大事なもののためなら、どんな苦労も厭わないものだもの。おばさんだってかわいい息子と孫のためなら頑張れるはずですよ」

胸を張って断言すればお袖が黙り込む。そして、「お亀久ちゃんからそんな言葉を聞くとはねぇ」と呆れたように苦笑した。

その表情は嘆き悲しみ、他人に当たるだけの無力な女のものではない。我が子のために覚悟を決めた母親の顔だった。

きっと遠からず、万紀の夫婦は紀州に行くに違いない。そう思って紀次を見れば、かつてのいじめっ子と目が合った。

「……簪、挿してねぇんだな」

紀次は何かをこらえるように低く呟く。お亀久は思わず胸を押さえ、銀簪があることを確かめた。
挿していないが、いつも持っている——お亀久はそう言いかけて、すんでのところで思いとどまる。もともと返すつもりで持ち歩いていたものだ。受け入れる気がないのなら、言い訳なんてすべきではない。

「そそっかしいおめぇのこった。どれだけ修業したところで、一人前の産婆になれるとは思えねぇ。嫁《い》き遅れて後悔してもしらねぇぞ」

「余計なお世話よ。すぐに一人前の産婆になって、紀次さんの子はあたしが取り上げてあげるから」

いつもの憎まれ口に軽い調子で言い返せば、紀次の顔から表情が消えた。しかし、すぐに眉を上げ、「何を言ってやがる」と鼻を鳴らす。

「おめぇが一人前になったって、俺の子を取り上げることはできねぇよ」

「何よ、あたしが信用できないの」

お亀久が口を尖らせると、紀次は肩をすくめ、お亀久にだけ耳打ちした。

「たとえ産婆の神様でも、自分の手で自分の子を取り上げることはできねぇだろ」

つまり、紀次の子を産むのは、お亀久だけだと言いたいのか。あきらめの悪い幼馴染みに、お亀久は思わず赤くなった。

四

十六日の藪入りは、お仕着せを脱いだ奉公人が親元に帰る。

だが、上方から連れてこられた江戸店の奉公人や田舎から働きに来た連中、また親類縁者のいない輩《やから》は帰りたくても帰れない。そこで市中に繰り出して、半年に一度の休みを満喫する。

七月十二日の晩、お亀久は万紀から坂田屋へ行き、盆の間は実家に留まった。そして今朝、八丁堀へ戻る途中で両国《りょうごく》の菓子屋に立ち寄って土産《みやげ》を買おうとしたのだが、その混み具合に驚いた。

藪入りは人気の菓子屋や食い物屋が混み合うのね。店のお仕着せを着ていたら、往来で買い食いなんてできないから。

お亀久はおとなしく列に並び、目当ての葛饅頭《くずまんじゅう》を買って店を出た。

「へぇ、これがうちのお嬢さんのお気に入りか。食っちまうのがもったいないくらいきれいだなあ」

「おい、菓子折はちゃんと両手で持て。せっかくの菓子が落っこちるぞ」

ふと見れば、お亀久の前に菓子を買った男たちがさっそく菓子折を開けている。お亀久は何食わぬ顔で通り過ぎた。

これから憧れのお嬢さんを思いながら、お嬢さんの好物を食べるのかしら。ずいぶんいじらしい真似をするのね。

主人の娘と奉公人――どちらも同じ町人だが、大きな身分の開きがある。跡取り娘の婿に奉公人が納まることもないではないが、商家の次男、三男があてがわれることのほうが多いだろう。お嬢さんと相惚れになったとしても、なかなか一緒になれないはずだ。

そういう事情を知ればこそ、お亀久は紀一郎とおすえの縁について考えずにはいられなかった。

江戸の材木問屋の若旦那と紀州の山に住む猟師の孫娘――本来なら一生出会うはずのない二人が夫婦になり、子まで生《な》したのである。もし縁結びの糸があるとしたら、二人の糸は特別に赤いに違いない。人生は何が起こるかわからないとつくづく思う。

あたしだって身投げし損なった挙句の産婆見習いだもの。人は死にかけた先で、本当に大事なものを見つけるのかもしれないわね。

だが、実家にいた四日間、お亀久は腫物扱いされた。おかげで母の小言もなく、こっそり家を抜け出して水子供養ができたのは幸いだった。

それにしても、藪入りの朝に実家から見習い先に帰るなんて、きっと自分だけに違いない。土産《みやげ》を手にしたお亀久は上機嫌で歩き続け、朝四ツ（午前十時頃）過ぎにお夕ネ様の家の戸を開けた。

「亀久です。ただいま帰りました」

中から応える声がないのは、お稲が出かけているからか。「産婆に休みなし」を実感しながら、自分の部屋の襖を開ける。そこには布団が敷いてあり、顔色の悪いおタネ様が眠っていた。

どうして、こんなところでおタネ様が寝ているのか。お亀久がうろたえながらも声をかけると、おタネ様の瞼が動いた。

「おや、帰ったのかい。頼んだ供養はちゃんとしたんだろうね」

「はい、お松さんの分まで水子供養はしてきました。それより、どうしてここで寝ているんですか」

「あいにく足をくじいちまってね。あんたはしばらくあたしの部屋で寝ておくれ」

一昨日《おととい》の晩、おタネ様は厠《かわや》に行こうとして階段を踏み外した。くじいた足で一階と二階を行き来するのは大変なので、一階のお亀久の部屋で寝ていたという。

家主のすることに文句をつける気はないが、おタネ様の部屋を下っ端が使うのは気が引ける。お亀久はおずおずと申し出た。

「あの、おタネ様の足がよくなるまで、あたしもここで寝ましょうか」

「よしとくれ。狭い部屋がもっと狭くなるじゃないか」

ここに布団を二枚敷けば、足の踏み場もなくなるだろう。

だが、ここから厠までだってあちらこちらに段差はある。うっかり転んで頭でも打ったら大変だ。お亀久はおタネ様の身を案じるあまり、非難がましい声を上げた。

「お稲さんは何をしているんですか。まともに歩けない怪我人にひとりで留守番をさせるなんて」

客の中に臨月の人はいないはずだ。身重の客を回るだけなら、休んだっていいだろう。立場を忘れて文句を言えば、「おことさんが産気づいたんだよ」と言われてしまった。

おことは七軒町《しちけんちょう》に住む団扇《うちわ》職人の女房で、昨日の夕方、泡を食った亭主が駆け込んできた。話を聞いたお稲はおゆきを連れてすぐに飛んでいったという。

「おことさんは身籠ってまだ八月だもの。足さえちゃんと動くなら、あたしが行きたいくらいだよ」

赤ん坊は十月《とつき》十日母親の腹にいると言われるが、ひと月前後のずれはままある。だが、二月《ふたつき》も早く産気づくと、赤ん坊の身体が育ちきっていない恐れがある。当然死産になりやすく、母子ともに命の危険が増してしまう。

にわかにお亀久がうろたえると、お夕ネ様はしかめっ面で呟いた。

「まったく、年は取りたくないね。あたしもとんだ役立たずになっちまった」

普段はぼんやりしていても、いざとなれば産婆の神様として難産を安産に変えてきた人だ。しかし、今度ばかりはお稲たちの邪魔になると、忸怩《じくじ》たる思いで残ったらしい。お亀久はお夕ネ様の気持ちを思い、ふと嫌なことに気が付いた。

昨日の夕方にお稲がお産の手伝いに行ったなら、お夕ネ様は二度食事を抜いたのではないか。

お亀久は慌てて持っていた包みを差し出した。

「あの、両国でおいしいと評判の葛饅頭を買ってきたんです。すぐにお茶を淹《い》れてきますね」

「いや、いいよ。まだ水も汲んでないし」

「なら、水も汲んできます。ちょっと待っていてください」

「あたしは饅頭より、あんたの話が聞きたいんだ。深川で何があったのさ」

立ち上がりかけたお亀久をおタネ様が引き留める。坂田屋の手代に連れ出されたまま、なかなか戻ってこない弟子を案じてくれていたらしい。

「万紀と言えば、死んだ許婚の家だろう。いまになって何だってんだい」

紀一郎のことは内緒だが、気になる事があると落ち着いて休めない。お亀久は「誰にも言わないでくださいよ」と念を押して、許婚が紀州で生きていたこと、しかも妻子がいたせいで坂田屋壮一に睨まれて、紀州に戻ることになったとおタネ様に打ち明けた。

「おかげで坂田屋にいる間、みなに顔色をうかがわれていたんです。今度ばかりはおっかさんにも『産婆見習いを辞めて戻ってこい』と言われなくてすみました」

「……そんなことを言って、空元気じゃないのかい」

お亀久がおタネ様と知り合うきっかけは、許婚の死を嘆き悲しみ、身投げをしようとしたことだ。疑いもあらわなおタネ様に、お亀久は「大丈夫です」と言い切った。

「許婚と言ったって、惚れ合っていたわけじゃありません。『この人なら楽そうだ』と思っていただけですから」

いまにして思えば、それは愚かな了見だった。

棄捐令で札差が何軒も潰れたように、どれほど裕福な商家でも突然落ちぶれることはある。一生連れ添うつもりなら、「この人と苦労がしたい」と思える相手を選ぶべきだったのだ。

「あたしは苦労したい相手が見つからない代わりに、苦労が苦にならない一生の仕事を見つけました。おかげで、紀一郎さんを恨まずにすみました」

いまも実家に籠っていたら、裏切った許婚とその家族を恨み抜いていただろう。父も娘の敵《かたき》と見なして、万紀と縁を切ったはずだ。

父が償い金を求めることなく、紀一郎を江戸から追い出しただけですませたのは、娘が相手を恨んでいないからである。

「おタネ様と知り合って、産婆見習いになってよかったです。あたしばかりか、紀一郎さんとその家族も救われました」

お亀久が改めて感謝すると、おタネ様の顔がふっと緩む。

「そりゃ、よかった」

「あたし、きっと立派な産婆になります。お願いですから長生きして、見届けてくださいね」

言わずもがなのことを口にしたのは、おタネ様の声が細くなり、言葉数も減ってきたからだ。しわだらけの小さな顔がさらに縮んだように見える。

これは急いで何か食べさせたほうがいい。それとも、医者を呼んだほうがいいだろうか。お亀久はただならぬ胸騒ぎを覚え、作り笑いで腰を浮かせた。

「ずっと話していたら喉が渇きました。やっぱりお茶を淹れてきます」

「いいから、ここにいておくれ」

「でも、すぐに」

「もう、あたしには時がない」

お夕ネ様はしょぼつく目をこっちに向け、掠れる声を絞り出す。お亀久は震える身体を叱咤《しった》して、ぎこちない笑みを浮かべ続けた。

「そんな縁起でもないことを言わないでくださいな」

「……人は必ず死ぬもんさ」

吐息混じりの呟きに心の臓が凍りつく。たまらず、「お夕ネ様、しっかりしてください」と右手を握れば、産婆の神様は弱々しく微笑んだ。

「心配ないよ。あたしがここで消えたって、産婆の夕ネは残るじゃないか」

「それはどういう意味ですか」

意味がわからず聞き返せば、震える指がこっちを指す。

「あんたは、あたしが蒔《ま》いた、産婆の夕ネだ。きっと、立派な産婆に育つ……」

息も絶え絶えに言い残し、お夕ネ様の左手が力尽きたように布団に落ちる。お亀久は信じられない思いで目を閉じた相手を見つめた。

「おタネ様、眠ってしまったんですか。ねぇ、起きてください。まだ葛饅頭を食べていないでしょう」

血相を変えて呼びかけても、瞼はピクリとも動かない。お亀久は目の前が真っ暗になった。

いますぐお稲を呼ばなくては。

いや、お産の邪魔をしたら、それこそおタネ様に叱られる。まずは医者だと思い直したが、自分の知る本道医《ほんどうい》は浅草に住んでいる。八丁堀から呼びに行き、連れて戻ってくるまでに手遅れになったらどうしよう。

ここは八丁堀に近い檜物町《ひものちよう》に住んでいる土屋先生のほうがいい。金創医《きんそうい》も本道医も医者に違いはないのだから。

土屋先生は妻のお産でおタネ様の世話になっているもの。あらゆる手を尽くして、おタネ様を助けてくれるはずよ。

自分にそう言い聞かせ、お亀久は家を飛び出す。狭い路地を曲がろうとしたところで、お稲とおゆきに出くわした。

「あら、お亀久ちゃん。慌ててどこへ行くの」

「おことさんなら、母子ともに無事だよ。赤ん坊はずいぶん小さいから、当分気が抜けないがね」

おことは二人目のお産とあって、早産でも無事だったらしい。疲れを感じさせない笑顔の二人を見て、お亀久は我を忘れて縋りついた。

「お、おタネ様が……おタネ様が……」

詳しく話そうと思っても、涙が込み上げて言葉にならない。すると、血相を変えたお稲が下駄を蹴り捨て、家の中に飛び込んだ。

「おタネ様、しっかりしてくださいっ」

お稲はおタネ様に声をかけ、身体のあちこちに触れる。おゆきは青い顔をして、部屋の隅に立ち尽くす。お亀久は固く手を握り、お稲のすることを見つめていた。ややしてお稲が振り返り、呆れたように文句を言う。

「あんたも人騒がせだねぇ。おタネ様は寝ているだけじゃないか」

お亀久は信じられずに言い返した。

「そんな馬鹿な……だ、だって、呼んでも目を開けないでしょう」

「だったら、自分でおタネ様に触ってごらん。心の臓がちゃんと動いているから。目を開けてくれないのは、ぐっすり眠っているからさ」

おっかなびっくり触れてみれば、おタネ様の胸の鼓動が伝わってくる。とんだ早とちりだったと安堵して、お亀久はへなへなと腰を抜かした。

おゆきもおタネ様の無事を知り、顔に血の気が戻ってきた。

「お亀久ちゃん、びっくりさせないでちょうだいよ。あたしたちはお産を終えたばかりでへとへとなんだから」

「ご、ごめんなさい」

お亀久はすぐに謝ったが、おゆきの怒りは収まらない。だが、葛饅頭の包みを見つけて、目を輝かせた。

「あら、何かと思えば、葛饅頭じゃない。ほら、お詫びにお茶を淹れてきて。朝餉《あさげ》は向こうで食べてきたから」

居丈高に命じられ、お亀久はよろよろと立ち上がった。


おタネ様が目を覚ましたのは、その日の夕方だった。

人にさんざん心配をかけておきながら、開口一番の台詞《せりふ》は「腹が減った」だ。お亀久がうれし涙をこぼして食事の支度をしている間に、お稲とおゆきも起きてきた。おタネ様は粥をすすりつつ、お稲からおことのお産の話を聞いた。

さらにおゆきがお亀久の勘違いを伝えたところ、おタネ様は急に真剣な顔になり、「勘違いじゃないよ」と言い出した。

今年の夏はいままでになく暑さがこたえ、何かを食べたいという欲もなくなった。おタネ様は己の衰えを痛感し、「いよいよお迎えが近づいた」と覚悟していたそうである。

「あたしも十分長生きしたし、あの世に逝くのは仕方がない。でも、お亀久のことだけが気がかりでね。『産婆にならないか』と声をかけておきながら、ろくに芽も出ないうちに置いていくことになるんだから」

食べるために産婆になった自分やお稲、おゆきと違い、お亀久は札差のお嬢さんだ。苦労して働かなくとも一生食べていけるのに、産婆見習いになったことで親と仲違いまでさせてしまった。

自分が産婆に誘ったせいで、お亀久の人生を台無しにしたのではないか。逆恨みの末に殺されたお松の新盆が近づくにつれ、おタネ様はそんな不安を感じていたらしい。

「でも、戻ってきたお亀久に『産婆見習いになってよかった』と言われてね。身体中の力が抜けちまった」

唯一の心残りがなくなって、安心したせいなのか。眠気に誘われるまま目をつむり、次に目を開けたときは広い河原にいたという。

「そこは草木一本生えていない、やけに陰気な河原でね。大勢の赤ん坊がゴッゴッとした河原の上で寝たり、這ったりしてんのさ。いくら江戸が不景気でも、大勢の赤ん坊が河原に捨てられているのはおかしいだろう？　あたしが仰天していると、突然、死んだお松さんが現れたんだ」

お松によるとそこは賽《さい》の河原で、大勢の赤ん坊は供養してもらえない水子たちだという。お松はそんな赤ん坊を放っておけず、三途の川を渡り損ねていたらしい。

「おかげで新盆に戻れなかったと言うからさ。これからはあたしも手伝うって言ったんだよ。そうしたら、『あんたまでこっちに来たら、命を落とす赤ん坊がもっと増える』って怒られてね」

お松は「あたしの代わりにもっと働け」と言い放ち、お夕ネ様は三途の川に突き落とされた。そして、溺れると思った直後に目を覚ましたそうだ。

「それじゃ、あの世のお松さんに追い返されたと言うんですか」

語尾を上げて尋ねるおゆきはいかにも半信半疑である。

一方、お稲は感激した面持ちで「お松さんの墓に手を合わせなきゃ」と涙ぐんでから、お夕ネ様に詰め寄った。

「お夕ネ様の死に水は、お亀久じゃなくて、あたしが取ります。お願いですから、勝手に死んだりしないでください」

「そんなことを言われても、いつ死ぬかなんてわかりゃしないよ」

「でも……」

素っ気なく返されて、お稲が口を尖らせる。産婆の神様は目を細めた。

「心配しなくとも、あたしはまだ逝かないよ。お松さんに言われたから、もうひと頑張りしなくっちゃ」

その視線の先には、神棚の下に貼られた地蔵尊のお札がある。お亀久はそれを見てハッとした。

親より先に死んだ子は逆縁の罪を背負わされ、賽の河原でいつまでも石を積まされる羽目になるのだとか。死にかけたお夕ネ様をこの世へ追い返してくれたのは、お松の姿を借りたお地蔵様ではないか。

産婆としてさんざん尽くしたお松さんが成仏できないはずがないわ。あたしが水子供養をしたから、お地蔵様がお夕ネ様をこの世に戻してくれたのよ。だって、お地蔵様は子供の守り神だもの。

お亀久は手前勝手に納得し、心の中で手を合わせる。そして、生意気を承知でうそぶいた。

「あたしはすぐに一人前の産婆になるので、産婆の夕ネじゃなくなります。この先ずっと産婆の夕ネを名乗れるのは、お夕ネ様しかいませんよ」

だから長生きしてくださいと、口には出さずに心で願う。江戸の妊婦と腹の子は産婆の神様が頼りなのだ。

すると、何かを察したように、お夕ネ様はうなずいた。

「だったら、あんたも人一倍急いで芽を出しな。お産は待ってくれないよ」

本書は、小説推理二〇二三年一〇月号から二〇二四年三月号にかけて
連載された同名作品に加筆・修正を加えて単行本にしたものです。

中島要　なかじま・かなめ

早稲田大学教育学部卒業。二〇〇八年、「素見」で第二回小説宝石新人賞を受賞。一八年、「着物始末暦」シリーズで第七回歴史時代作家クラブ賞を受賞。他の著者に「大江戸少女カゲキ団」シリーズ、『かりんとう侍』『うき世櫛』『御徒の女』『神奈川宿　雷屋』『吉原と外』『誰に似たのか　筆墨問屋白井屋の人々』などがある。

産婆《さんば》のタネ

二〇二四年九月二二日　第一刷発行

著者　中島要
発行者　箕浦克史
発行所　株式会社双葉社
〒１６２−８５４０
東京都新宿区東五軒町３−２８
電話　０３−５２６１−４８１８（営業部）
０３−５２６１−４８３１（編集部）
http://www.futabasha.co.jp/
（双葉社の書籍・コミック・ムックが買えます）

印刷所　大日本印刷株式会社
製本所　株式会社若林製本工場
カバー印刷　株式会社大熊整美堂
DTP　株式会社ビーワークス

ISBN978-4-575-24767-1 C0093